THE GREAT GOD PAN

Arthur Machen was the pen-name of Arthur Llewellyn Jones, a Welsh author and mystic of the early 20th century. He is best known for his influential supernatural, fantasy, and horror fiction. His novella *The Great God Pan* has garnered a reputation as a classic of horror, with Stephen King describing it as "Maybe the best [horror story] in the English language."

Arthur Machen war der Pseudonym von Arthur Llewellyn Jones, einem walisischen Autor und Mystiker des frühen 20. Jahrhunderts. Er ist vor allem für seine einflussreiche übernatürliche, phantastische und Horror-Fiktion bekannt. Seine Novelle *The Great God Pan* hat den Ruf eines Klassikers des Horrors erlangt, den Stephen King als "vielleicht die beste [Horrorgeschichte] in der englischen Sprache" beschrieb.

ARTHUR MACHEN

THE GREAT GOD PAN
Der große Gott Pan

Horror Geschichte Englisch – Deutsch
Horror story English -- German

Aus dem Englischen übertragen und
herausgegeben von
Klaus-Dieter Sedlacek

Toppbook bilingual Edition Bd. 1

Bibliografische Information der Deutschen Nationalbibliothek:
Die Deutsche Nationalbibliothek verzeichnet diese Publikation in der
Deutschen Nationalbibliografie; detaillierte bibliografische Daten
sind im Internet über dnb.dnb.de abrufbar

Übersetzung, Coverdesign, Satz in moderner Antiqua-Schrift:
Klaus-Dieter Sedlacek
https://toppbook.de

© 2020 Klaus-Dieter Sedlacek
Herstellung und Verlag: BoD – Books on Demand, Norderstedt

ISBN: 978-3-7528-9835-4

Inhaltsverzeichnis

I. THE EXPERIMENT

"I am glad you came, Clarke; very glad indeed. I was not sure you could spare the time."

"I was able to make arrangements for a few days; things are not very lively just now. But have you no misgivings, Raymond? Is it absolutely safe?"

The two men were slowly pacing the terrace in front of Dr. Raymond's house. The sun still hung above the western mountain-line, but it shone with a dull red glow that cast no shadows, and all the air was quiet; a sweet breath came from the great wood on the hillside above, and with it, at intervals, the soft murmuring call of the wild doves. Below, in the long lovely valley, the river wound in and out between the lonely hills, and, as the sun hovered and vanished into the west, a faint mist, pure white, began to rise from the hills. Dr. Raymond turned sharply to his friend.

"Safe? Of course it is. In itself the operation is a perfectly simple one; any surgeon could do it."

"And there is no danger at any other stage?"

"None; absolutely no physical danger whatsoever, I give you my word. You are always timid, Clarke, always; but you know my history. I have devoted myself to transcendental medicine for the last twenty years. I have heard myself called quack and charlatan and impostor, but all the while I knew I was on the right path. Five years ago I reached the goal, and since then every day has been a preparation for what we shall do tonight."

"I should like to believe it is all true." Clarke knit his brows, and looked doubtfully at Dr. Raymond. "Are you perfectly sure, Raymond, that your theory is not a phantasmagoria—a splendid vision, certainly, but a mere vision after all?"

Dr. Raymond stopped in his walk and turned sharply. He was a middle-aged man, gaunt and thin, of a pale yellow complexion, but as he answered Clarke and faced him, there was a flush on his cheek.

I. Das Experiment

"Ich bin froh, dass Sie gekommen sind, Clarke; wirklich sehr froh. Ich war mir nicht sicher, ob Sie Zeit haben."

"Ich konnte einige Tage einrichten; im Moment ist es nicht sehr lebhaft. Aber haben Sie keine Bedenken, Raymond? Ist es absolut sicher?" Die beiden Männer gingen langsam auf der Terrasse vor Dr. Raymonds Haus auf und ab. Die Sonne hing noch immer über der westlichen Berglinie, aber sie schien mit einem dumpfen roten Schein, der keine Schatten warf, und die ganze Luft war ruhig; ein süßer Atem kam aus dem großen Wald am Hang darüber, und mit ihm, in Abständen, der leise murmelnde Ruf der wilden Tauben. Unten, in dem langen, schönen Tal, schlängelte sich der Fluss zwischen den einsamen Hügeln hin und her, und als die Sonne schwebte und im Westen verschwand, begann ein schwacher Nebel, rein weiß, von den Hügeln aufzusteigen. Dr. Raymond wandte sich rasch an seinen Freund.

"Sicher? Natürlich ist er das. An sich ist die Operation ganz einfach; jeder Chirurg könnte sie durchführen."

"Und es besteht keine Gefahr in irgendeinem anderen Stadium?"

"Keine; absolut keine körperliche Gefahr, ich gebe Ihnen mein Wort. Sie sind immer zaghaft, Clarke, immer; aber Sie kennen meine Geschichte. Ich habe mich in den letzten zwanzig Jahren der transzendentalen Medizin verschrieben. Ich habe mich selbst als Quacksalber und Scharlatan und Hochstapler bezeichnet, aber die ganze Zeit wusste ich, dass ich auf dem richtigen Weg war. Vor fünf Jahren habe ich das Ziel erreicht, und seitdem ist jeder Tag eine Vorbereitung auf das, was wir heute Abend tun werden.

"Ich würde gern glauben, dass das alles wahr ist." Clarke zog die Augenbrauen zusammen und schaute Dr. Raymond zweifelnd an. "Sind Sie ganz sicher, Raymond, dass Ihre Theorie keine Phantasmagorie ist - sicherlich eine großartige Vision, aber doch nur eine Vision?"

Dr. Raymond blieb mitten im Gehen stehen und drehte sich abrupt um. Er war ein Mann mittleren Alters, hager und dünn, von blassgelber Hautfarbe, aber als er Clarke antwortete und ihm gegenüberstand, war ein Erröten auf seiner Wange zu sehen.

"Look about you, Clarke. You see the mountain, and hill following after hill, as wave on wave, you see the woods and orchard, the fields of ripe corn, and the meadows reaching to the reed-beds by the river. You see me standing here beside you, and hear my voice; but I tell you that all these things—yes, from that star that has just shone out in the sky to the solid ground beneath our feet —I say that all these are but dreams and shadows; the shadows that hide the real world from our eyes. There is a real world, but it is beyond this glamour and this vision, beyond these 'chases in Arras, dreams in a career,' beyond them all as beyond a veil. I do not know whether any human being has ever lifted that veil; but I do know, Clarke, that you and I shall see it lifted this very night from before another's eyes. You may think this all strange nonsense; it may be strange, but it is true, and the ancients knew what lifting the veil means. They called it seeing the god Pan."

Clarke shivered; the white mist gathering over the river was chilly.

"It is wonderful indeed," he said. "We are standing on the brink of a strange world, Raymond, if what you say is true. I suppose the knife is absolutely necessary?"

"Yes; a slight lesion in the grey matter, that is all; a trifling rearrangement of certain cells, a microscopical alteration that would escape the attention of ninety-nine brain specialists out of a hundred. I don't want to bother you with 'shop,' Clarke; I might give you a mass of technical detail which would sound very imposing, and would leave you as enlightened as you are now. But I suppose you have read, casually, in out-of-the-way corners of your paper, that immense strides have been made recently in the physiology of the brain. I saw a paragraph the other day about Digby's theory, and Browne Faber's discoveries. Theories and discoveries! Where they are standing now, I stood fifteen years ago, and I need not tell you that I have not been standing still for the last fifteen years. It will be enough if I say that five years ago I made the discovery that I alluded to when I said that ten years ago I reached the goal."

"Sieh dich um, Clarke. Du siehst die Berge und Hügel über Hügel, als eine Welle nach der anderen, du siehst die Wälder und den Obstgarten, die Felder mit reifem Mais und die Wiesen, die bis zu den Schilfgürteln am Fluss reichen. Sie sehen mich hier neben Ihnen stehen und hören meine Stimme; aber ich sage Ihnen, dass all diese Dinge - von dem Stern, der gerade am Himmel erschienen ist, bis zum festen Boden unter unseren Füßen - nur Träume und Schatten sind, die Schatten, die die wirkliche Welt vor unseren Augen verbergen. Es gibt eine reale Welt, aber sie liegt jenseits dieses Glanzes und dieser Vision, jenseits dieser " Nachstellungen in Arras, Karriereträume", jenseits all dessen wie jenseits eines Schleiers. Ich weiß nicht, ob irgendein Mensch diesen Schleier jemals gelüftet hat; aber ich weiß, Clarke, dass Sie und ich sehen werden, wie er in dieser Nacht von den Augen eines anderen genommen wird. Sie mögen das alles für einen seltsamen Unsinn halten; es mag seltsam sein, aber es ist wahr, und die Alten wussten, was es bedeutet, den Schleier zu lüften. Sie nannten es "den Gott Pan sehen".

Clarke zitterte; der weiße Nebel, der sich über dem Fluss sammelte, war kühl.

"Es ist wirklich wunderbar", sagte er. "Wir stehen am Rande einer fremden Welt, Raymond, wenn das, was Sie sagen, wahr ist. Ich nehme an, das Skalpell ist absolut notwendig?"

"Ja; eine leichte Läsion in der grauen Substanz, das ist alles; eine geringfügige Neuanordnung bestimmter Zellen, eine mikroskopische Veränderung, die der Aufmerksamkeit von neunundneunzig von hundert Gehirnspezialisten entgehen würde. Ich möchte Sie nicht mit dem " Geschäftsgang" belästigen, Clarke; ich könnte Ihnen eine Masse an technischen Details aufzählen, die sich sehr imposant anhören und Sie genauso informiert hinterlassen würden, wie Sie schon jetzt sind. Aber ich nehme an, Sie haben beiläufig, in abgelegenen Ecken Ihres Blattes, gelesen, dass in letzter Zeit immense Fortschritte in der Physiologie des Gehirns gemacht wurden. Ich habe neulich einen Abschnitt über Digbys Theorie und Fabers Entdeckungen gesehen. Theorien und Entdeckungen! Dort, wo sie jetzt stehen, stand ich vor fünfzehn Jahren, und ich brauche Ihnen nicht zu sagen, dass ich in den letzten fünfzehn Jahren nicht stillgestanden bin. Es wird genügen, wenn ich sage, dass ich vor fünf Jahren die Entdeckung gemacht habe, auf die ich anspielte, als ich sagte, dass ich vor zehn Jahren das Ziel erreicht habe.

After years of labour, after years of toiling and groping in the dark, after days and nights of disappointments and sometimes of despair, in which I used now and then to tremble and grow cold with the thought that perhaps there were others seeking for what I sought, at last, after so long, a pang of sudden joy thrilled my soul, and I knew the long journey was at an end. By what seemed then and still seems a chance, the suggestion of a moment's idle thought followed up upon familiar lines and paths that I had tracked a hundred times already, the great truth burst upon me, and I saw, mapped out in lines of sight, a whole world, a sphere unknown; continents and islands, and great oceans in which no ship has sailed (to my belief) since a Man first lifted up his eyes and beheld the sun, and the stars of heaven, and the quiet earth beneath. You will think this all high-flown language, Clarke, but it is hard to be literal. And yet; I do not know whether what I am hinting at cannot be set forth in plain and lonely terms. For instance, this world of ours is pretty well girded now with the telegraph wires and cables; thought, with something less than the speed of thought, flashes from sunrise to sunset, from north to south, across the floods and the desert places. Suppose that an electrician of today were suddenly to perceive that he and his friends have merely been playing with pebbles and mistaking them for the foundations of the world; suppose that such a man saw uttermost space lie open before the current, and words of men flash forth to the sun and beyond the sun into the systems beyond, and the voice of articulate-speaking men echo in the waste void that bounds our thought. As analogies go, that is a pretty good analogy of what I have done; you can understand now a little of what I felt as I stood here one evening; it was a summer evening, and the valley looked much as it does now; I stood here, and saw before me the unutterable, the unthinkable gulf that yawns profound between two worlds, the world of matter and the world of spirit; I saw the great empty deep stretch dim before me, and in that instant a bridge of light leapt from the earth to the unknown shore, and the abyss was spanned. You may look in Browne Faber's book, if you like, and you will find that to the present day men of science are unable to account for the presence, or to specify the functions of a certain group of nerve-cells in the brain.

Nach Jahren der Arbeit, nach Jahren des Schuftens und des Fummelns im Dunkeln, nach Tagen und Nächten der Enttäuschung und manchmal der Verzweiflung, in denen ich hin und wieder zitterte und bei dem Gedanken, dass vielleicht noch andere das suchten, was ich suchte, erfüllte mich endlich, nach so langer Zeit, eine plötzliche Freude, und ich wusste, dass die lange Reise zu Ende war. Durch das, was damals wie ein Zufall aussah und immer noch aussieht, folgte die Suggestion eines Augenblicks müßiger Gedanken auf vertraute Bahnen und Pfade, die ich schon hundertmal verfolgt hatte, und die großartige Wahrheit brach über mich herein, und ich sah, in Sichtweite umrissen, eine ganze Welt, eine unbekannte Sphäre; Kontinente und Inseln und große Ozeane, in denen (meiner Meinung nach) kein Schiff mehr fuhr, seit ein Mensch zum ersten Mal seine Augen erhob und die Sonne und die Sterne des Himmels und die ruhige Erde darunter erblickte. Sie werden das alles für eine hochtrabende Sprache halten, Clarke, aber es ist schwer, es wörtlich zu nehmen. Und doch weiß ich nicht, ob das, worauf ich anspiele, nicht in einfachen und einsamen Worten dargelegt werden kann. Zum Beispiel ist diese unsere Welt jetzt ziemlich gut mit Telegrafendrähten und Kabeln umspannt; die Gedanken, mit etwas weniger als der Denkgeschwindigkeit, flitzen von Sonnenaufgang bis Sonnenuntergang, von Norden nach Süden, über die Fluten und die Wüstenorte. Angenommen, ein heutiger Elektriker würde plötzlich erkennen, dass er und seine Freunde nur mit Kieselsteinen gespielt und sie für das Fundament der Welt gehalten haben; angenommen, ein solcher Mann sähe den absoluten Raum vor dem elektrischen Strom aufgespannt, und Worte von Menschen blitzen zur Sonne und über die Sonne hinaus in die dahinter liegenden Systeme, und die Stimme von sprachgewandten Männern hallt in der Leere wider, die unser Denken begrenzt. Das ist eine ziemlich gute Analogie zu dem, was ich getan habe; Sie können jetzt ein wenig von dem verstehen, was ich fühlte, als ich eines Abends hier stand; es war ein Sommerabend, und das Tal sah genauso aus wie jetzt; ich stand hier und sah vor mir die unaussprechliche, unvorstellbare Kluft, die tief zwischen zwei Welten gähnt, der Welt der Materie und der Welt des Geistes; ich sah die große leere, tiefe Kluft vor mir liegen, und in diesem Augenblick wurde eine Brücke aus Licht von der Erde zu dem unbekannten Ufer geschlagen, und der Abgrund wurde überspannt. Wenn Sie in Browne Fabers Buch nachsehen, werden Sie feststellen, dass die Wissenschaftler bis zum heutigen Tag nicht in der Lage sind, das Vorhandensein oder die Funktionen einer bestimmten Gruppe von Nervenzellen im Gehirn zu erklären.

That group is, as it were, land to let, a mere waste place for fanciful theories. I am not in the position of Browne Faber and the specialists, I am perfectly instructed as to the possible functions of those nerve-centers in the scheme of things. With a touch I can bring them into play, with a touch, I say, I can set free the current, with a touch I can complete the communication between this world of sense and—we shall be able to finish the sentence later on. Yes, the knife is necessary; but think what that knife will effect. It will level utterly the solid wall of sense, and probably, for the first time since man was made, a spirit will gaze on a spirit-world. Clarke, Mary will see the god Pan!"

"But you remember what you wrote to me? I thought it would be requisite that she—"

He whispered the rest into the doctor's ear.

"Not at all, not at all. That is nonsense. I assure you. Indeed, it is better as it is; I am quite certain of that."

"Consider the matter well, Raymond. It's a great responsibility. Something might go wrong; you would be a miserable man for the rest of your days."

"No, I think not, even if the worst happened. As you know, I rescued Mary from the gutter, and from almost certain starvation, when she was a child; I think her life is mine, to use as I see fit. Come, it's getting late; we had better go in."

Dr. Raymond led the way into the house, through the hall, and down a long dark passage. He took a key from his pocket and opened a heavy door, and motioned Clarke into his laboratory. It had once been a billiard-room, and was lighted by a glass dome in the centre of the ceiling, whence there still shone a sad grey light on the figure of the doctor as he lit a lamp with a heavy shade and placed it on a table in the middle of the room.

Clarke looked about him. Scarcely a foot of wall remained bare; there were shelves all around laden with bottles and phials of all shapes and colours, and at one end stood a little Chippendale bookcase. Raymond pointed to this.

Diese Gruppe ist sozusagen Neuland, eine reine Wüste für fantastische Theorien. Ich bin nicht in der Haut von Browne Faber und den Spezialisten, ich bin bestens über die möglichen Funktionen dieser Nervenzentren im Rahmen des Systems der Elemente informiert. Mit einer Handbewegung kann ich sie ins Spiel bringen, mit einer Handbewegung, sage ich, kann ich den Strom freisetzen, mit einer Handbewegung kann ich die Kommunikation zwischen dieser Welt der Sinne vervollständigen und - später werden wir den Satz beenden können. Ja, das Messer ist notwendig; aber denken Sie daran, was dieses Messer bewirken wird. Es wird die feste Mauer der Sinne völlig einebnen, und wahrscheinlich wird zum ersten Mal seit der Entstehung des Menschen der Verstand auf eine Geisterwelt blicken. Clarke, Maria wird den Gott Pan sehen!"

"Aber erinnern Sie sich, was Sie mir geschrieben haben? Ich dachte, es wäre notwendig, dass sie ..."

Den Rest flüsterte er dem Arzt ins Ohr.

"Überhaupt nicht, überhaupt nicht. Das ist Unsinn. Ich versichere Ihnen. Es ist in der Tat besser so, wie es ist; da bin ich mir ganz sicher."

"Überlegen Sie sich die Sache gut, Raymond. Es ist eine große Verantwortung. Es könnte etwas schief gehen; Sie wären ein unglücklicher Mann für den Rest Ihrer Tage."

"Nein, ich glaube nicht, selbst wenn das Schlimmste passiert wäre. Wie Sie wissen, habe ich Mary als Kind aus der Gosse und vor dem fast sicheren Verhungern gerettet; ich denke, ihr Leben gehört mir, so wie ich es für richtig halte. Kommen Sie, es ist schon spät, wir gehen besser rein."

Dr. Raymond zeigte den Weg ins Haus, durch den Flur und durch einen langen dunklen Gang. Er nahm einen Schlüssel aus seiner Tasche, öffnete eine schwere Tür und führte Clarke in sein Laboratorium. Es war einst ein Billardzimmer gewesen und wurde von einer Glaskuppel in der Mitte der Decke erhellt, von der aus noch immer ein tristes graues Licht auf die Gestalt des Arztes fiel, als er eine Lampe mit einem schweren Schirm anzündete und sie auf einen Tisch in der Mitte des Raumes stellte.

Clarke schaute sich um. Kaum ein Stück Wand blieb kahl; ringsum standen Regale mit Flaschen und Fläschchen in allen Formen und Farben, und an einem Ende stand ein kleines Chippendale-Bücherregal. Raymond wies darauf hin.

"You see that parchment Oswald Crollius? He was one of the first to show me the way, though I don't think he ever found it himself. That is a strange saying of his: 'In every grain of wheat there lies hidden the soul of a star.'"

There was not much furniture in the laboratory. The table in the centre, a stone slab with a drain in one corner, the two armchairs on which Raymond and Clarke were sitting; that was all, except an odd-looking chair at the furthest end of the room. Clarke looked at it, and raised his eyebrows.

"Yes, that is the chair," said Raymond. "We may as well place it in position." He got up and wheeled the chair to the light, and began raising and lowering it, letting down the seat, setting the back at various angles, and adjusting the foot-rest. It looked comfortable enough, and Clarke passed his hand over the soft green velvet, as the doctor manipulated the levers.

"Now, Clarke, make yourself quite comfortable. I have a couple hours' work before me; I was obliged to leave certain matters to the last."

Raymond went to the stone slab, and Clarke watched him drearily as he bent over a row of phials and lit the flame under the crucible. The doctor had a small hand-lamp, shaded as the larger one, on a ledge above his apparatus, and Clarke, who sat in the shadows, looked down at the great shadowy room, wondering at the bizarre effects of brilliant light and undefined darkness contrasting with one another. Soon he became conscious of an odd odour, at first the merest suggestion of odour, in the room, and as it grew more decided he felt surprised that he was not reminded of the chemist's shop or the surgery. Clarke found himself idly endeavouring to analyse the sensation, and half conscious, he began to think of a day, fifteen years ago, that he had spent roaming through the woods and meadows near his own home. It was a burning day at the beginning of August, the heat had dimmed the outlines of all things and all distances with a faint mist, and people who observed the thermometer spoke of an abnormal register, of a temperature that was almost tropical.

"Sehen Sie das Dokument Oswald Crollius? Er war einer der ersten, der mir den Weg zeigte, obwohl ich glaube, dass er ihn selbst nie gefunden hat. Ein merkwürdiger Spruch von ihm: 'In jedem Weizenkorn liegt die Seele eines Sterns verborgen.'"

Es gab kaum Möbel im Labor. Der Tisch in der Mitte, eine Steinplatte mit einem Abfluss in einer Ecke, die beiden Sessel, auf denen Raymond und Clarke saßen; das war alles, bis auf einen seltsam aussehenden Stuhl am äußersten Ende des Raumes. Clarke schaute ihn an und hob die Augenbrauen.

"Ja, das ist der Stuhl", sagte Raymond. "Wir können ihn genauso gut in Position bringen." Er stand auf und rollte den Stuhl zum Licht und begann, ihn zu heben und zu senken, den Sitz herunterzulassen, die Rückenlehne in verschiedene Winkel zu stellen und die Fußstütze zu verstellen. Es sah bequem aus, und Clarke fuhr mit der Hand über den weichen grünen Samt, während der Arzt die Hebel betätigte.

"Nun, Clarke, machen Sie es sich ganz bequem. Ich habe noch ein paar Stunden Arbeit vor mir; ich war gezwungen, bestimmte Dinge bis zum Schluss zu erledigen.

Raymond ging zu der Steinplatte, und Clarke beobachtete ihn düster, als er sich über eine Reihe von Phiolen beugte und die Flamme unter dem Tiegel entzündete. Der Arzt hatte eine kleine, wie die größere abgedunkelte Handlampe auf einem Sims über seinem Apparat, und Clarke, der im Schatten saß, blickte auf den großen, schemenhaften Raum und wunderte sich über die bizarren Effekte von brillantem Licht und undefinierbarer Dunkelheit, die miteinander kontrastierten. Bald wurde er sich eines seltsamen Geruchs, anfangs lediglich der geringfügigsten Andeutung von Geruch, im Raum bewusst, und als der Geruch immer deutlicher wurde, war er überrascht, dass er nicht an die Apotheke oder die Praxis erinnerte. Clarke bemühte sich vergeblich, das Gefühl zu analysieren, und halb bewusst begann er an einen Tag vor fünfzehn Jahren zu denken, an dem er in der Nähe seines eigenen Hauses durch die Wälder und Wiesen streifte. Es war ein heißer Tag Anfang August, die Hitze hatte mit einem dünnen Nebel die Umrisse aller Dinge und alle Entfernungen getrübt, und die Menschen, die das Thermometer beobachteten, sprachen von einem anormalen Wert, von einer Temperatur, die fast tropisch war.

Strangely that wonderful hot day of the fifties rose up again in Clarke's imagination; the sense of dazzling all-pervading sunlight seemed to blot out the shadows and the lights of the laboratory, and he felt again the heated air beating in gusts about his face, saw the shimmer rising from the turf, and heard the myriad murmur of the summer.

"I hope the smell doesn't annoy you, Clarke; there's nothing unwholesome about it. It may make you a bit sleepy, that's all."

Clarke heard the words quite distinctly, and knew that Raymond was speaking to him, but for the life of him he could not rouse himself from his lethargy. He could only think of the lonely walk he had taken fifteen years ago; it was his last look at the fields and woods he had known since he was a child, and now it all stood out in brilliant light, as a picture, before him. Above all there came to his nostrils the scent of summer, the smell of flowers mingled, and the odour of the woods, of cool shaded places, deep in the green depths, drawn forth by the sun's heat; and the scent of the good earth, lying as it were with arms stretched forth, and smiling lips, overpowered all. His fancies made him wander, as he had wandered long ago, from the fields into the wood, tracking a little path between the shining undergrowth of beech-trees; and the trickle of water dropping from the limestone rock sounded as a clear melody in the dream. Thoughts began to go astray and to mingle with other thoughts; the beech alley was transformed to a path between ilex-trees, and here and there a vine climbed from bough to bough, and sent up waving tendrils and drooped with purple grapes, and the sparse grey-green leaves of a wild olive-tree stood out against the dark shadows of the ilex. Clarke, in the deep folds of dream, was conscious that the path from his father's house had led him into an undiscovered country, and he was wondering at the strangeness of it all, when suddenly, in place of the hum and murmur of the summer, an infinite silence seemed to fall on all things, and the wood was hushed, and for a moment in time he stood face to face there with a presence, that was neither man nor beast, neither the living nor the dead, but all things mingled, the form of all things but devoid of all form.

Merkwürdigerweise tauchte dieser wunderbar heiße Tag der fünfziger Jahre in Clarkes Vorstellung wieder auf; das Gefühl des blendenden, alles durchdringenden Sonnenlichts schien die Schatten und die Lichter des Labors auszulöschen, und er spürte wieder die aufgeheizte Luft, die in Böen um sein Gesicht schlug, sah den Schimmer, der vom Rasen aufstieg, und hörte das vielfältige Säuseln des Sommers.

"Ich hoffe, der Geruch stört Sie nicht, Clarke; es ist nichts Unangenehmes daran. Er macht Sie vielleicht etwas schläfrig, das ist alles."

Clarke hörte die Worte ganz deutlich und wusste, dass Raymond zu ihm sprach, aber er konnte sich beim besten Willen nicht aus seiner Lethargie befreien. Er konnte nur an den einsamen Spaziergang denken, den er vor fünfzehn Jahren unternommen hatte; es war sein letzter Blick auf die Felder und Wälder, die er seit seiner Kindheit gekannt hatte, und nun stand das alles in brillantem Licht, als Bild, vor ihm. Vor allem aber drang in seine Nasenlöcher der Duft des Sommers, der Geruch von Blumen, der sich vermischte, und der Geruch der Wälder, der kühlen, schattigen Plätze, tief in der grünen Landschaft, die von der Sonnenhitze gezeichnet wurde; und der Duft der guten Erde, die gleichsam unter ausgebreiteten Armen und lächelnden Lippen lag, überwältigte alle. Seine Fantasien ließen ihn, wie schon vor langer Zeit, von den Feldern in den Wald wandern, einen kleinen Pfad zwischen dem leuchtenden Unterholz der Buchen verfolgen; und das Rieseln des Wassers, das vom Kalksteinfelsen tropfte, klang als klare Melodie im Traum. Die Gedanken begannen sich zu verwirren und mit anderen Gedanken zu vermischen; die Buchenallee verwandelte sich in einen Pfad zwischen den Steineichen, und hier und da kletterte eine Rebe von Ast zu Ast und schickte winkende Ranken hoch und ließ lilafarbene Trauben herabfallen, und die spärlichen graugrünen Blätter eines wilden Olivenbaums hoben sich von den dunklen Schatten der Steineiche ab. In den tiefen Schichten des Traums war sich Clarke bewusst, dass der Weg vom Haus seines Vaters in ein unentdecktes Land geführt hatte, und er wunderte sich über die Seltsamkeit des Ganzen, als er plötzlich anstelle des Summens und Rauschens des Sommers auftauchte, eine unendliche Stille schien auf alle Dinge zu fallen, und das Gehölz wurde still, und für einen Augenblick stand er dort von Angesicht zu Angesicht mit einer Erscheinung, die weder Mensch noch Tier war, weder Lebendiges noch Totes, sondern alle Dinge vermischt, die Gestalt aller Dinge, aber ohne jede Form.

And in that moment, the sacrament of body and soul was dissolved, and a voice seemed to cry "Let us go hence," and then the darkness of darkness beyond the stars, the darkness of everlasting.

When Clarke woke up with a start he saw Raymond pouring a few drops of some oily fluid into a green phial, which he stoppered tightly.

"You have been dozing," he said; "the journey must have tired you out. It is done now. I am going to fetch Mary; I shall be back in ten minutes."

Clarke lay back in his chair and wondered. It seemed as if he had but passed from one dream into another. He half expected to see the walls of the laboratory melt and disappear, and to awake in London, shuddering at his own sleeping fancies. But at last the door opened, and the doctor returned, and behind him came a girl of about seventeen, dressed all in white. She was so beautiful that Clarke did not wonder at what the doctor had written to him. She was blushing now over face and neck and arms, but Raymond seemed unmoved.

"Mary," he said, "the time has come. You are quite free. Are you willing to trust yourself to me entirely?"

"Yes, dear."

"Do you hear that, Clarke? You are my witness. Here is the chair, Mary. It is quite easy. Just sit in it and lean back. Are you ready?"

"Yes, dear, quite ready. Give me a kiss before you begin."

The doctor stooped and kissed her mouth, kindly enough. "Now shut your eyes," he said. The girl closed her eyelids, as if she were tired, and longed for sleep, and Raymond placed the green phial to her nostrils. Her face grew white, whiter than her dress; she struggled faintly, and then with the feeling of submission strong within her, crossed her arms upon her breast as a little child about to say her prayers. The bright light of the lamp fell full upon her, and Clarke watched changes fleeting over her face as the changes of the hills when the summer clouds float across the sun. And then she lay all white and still, and the doctor turned up one of her eyelids. She was quite unconscious. Raymond pressed hard on one of the levers and the chair instantly sank back.

Und in diesem Moment löste sich das Allerheiligste von Körper und Seele auf, und eine Stimme schien zu rufen: "Lasst uns fortgehen", und dann kam die Dunkelheit der Nacht jenseits der Sterne, die Dunkelheit der Ewigkeit.

Als Clarke aufwachte, sah er, wie Raymond ein paar Tropfen einer öligen Flüssigkeit in eine grüne Phiole goss, die er fest verschloss. "Sie haben geschlummert", sagte er, "die Reise muss Sie erschöpft haben. Jetzt ist es vorbei. Ich werde Maria holen; ich bin in zehn Minuten zurück."

Clarke legte sich in seinen Stuhl zurück und wunderte sich. Es schien, als ob er nur von einem Traum in den anderen übergegangen wäre. Er erwartete halb, die Wände des Labors schmelzen und verschwinden zu sehen, und in London zu erwachen und vor seinen eigenen schlafenden Fantasien zu zittern. Aber endlich öffnete sich die Tür, und der Arzt kehrte zurück, und hinter ihm kam ein Mädchen von etwa siebzehn Jahren, ganz in Weiß gekleidet. Sie war so schön, dass Clarke sich nicht wunderte, was der Arzt ihm geschrieben hatte. Sie errötete nun über Gesicht, Hals und Arme, aber Raymond schien unbewegt zu sein.

"Mary", sagte er, "die Zeit ist gekommen. Du bist ganz frei. Bist du bereit, dich mir ganz anzuvertrauen?"

"Ja, Liebster."

"Hörst du das, Clarke?" "Du bist mein Zeuge. Hier ist der Stuhl, Mary. Es ist ganz einfach. Du kannst dich einfach hineinsetzen und dich zurücklehnen. Bist du bereit?"

"Ja, Liebster, ich bin bereit. Gib mir einen Kuss, bevor du anfängst."

Der Arzt beugte sich vor und küsste ihren Mund, ganz freundlich. "Jetzt schließe die Augen", sagte er. Das Mädchen schloss die Augenlider, als wäre sie müde und sehnte sich nach Schlaf, und Raymond legte ihr die grüne Phiole an ihre Nasenlöcher. Ihr Gesicht wurde weiß, weißer als ihr Kleid; sie kämpfte schwach, und dann, mit einem Gefühl der Ergebenheit in ihrem Inneren, verschränkte sie ihre Arme auf ihrer Brust, als wäre sie ein kleines Kind, das dabei war, ihre Gebete zu sprechen. Das helle Licht der Lampe fiel voll auf sie, und Clarke beobachtete die flüchtigen Veränderungen auf ihrem Gesicht, wie die Veränderungen der Berge, wenn die Sommerwolken unter der Sonne dahinziehen. Und dann lag sie ganz weiß und still, und der Arzt hob eines ihrer Augenlider hoch. Sie war vollkommen bewusstlos. Raymond drückte fest auf einen der Hebel, und der Stuhl sank augenblicklich zurück.

Clarke saw him cutting away a circle, like a tonsure, from her hair, and the lamp was moved nearer. Raymond took a small glittering instrument from a little case, and Clarke turned away shudderingly. When he looked again the doctor was binding up the wound he had made.

"She will awake in five minutes." Raymond was still perfectly cool. "There is nothing more to be done; we can only wait."

The minutes passed slowly; they could hear a slow, heavy, ticking. There was an old clock in the passage. Clarke felt sick and faint; his knees shook beneath him, he could hardly stand.

Suddenly, as they watched, they heard a long-drawn sigh, and suddenly did the colour that had vanished return to the girl's cheeks, and suddenly her eyes opened. Clarke quailed before them. They shone with an awful light, looking far away, and a great wonder fell upon her face, and her hands stretched out as if to touch what was invisible; but in an instant the wonder faded, and gave place to the most awful terror. The muscles of her face were hideously convulsed, she shook from head to foot; the soul seemed struggling and shuddering within the house of flesh. It was a horrible sight, and Clarke rushed forward, as she fell shrieking to the floor.

Three days later Raymond took Clarke to Mary's bedside. She was lying wide-awake, rolling her head from side to side, and grinning vacantly.

"Yes," said the doctor, still quite cool, "it is a great pity; she is a hopeless idiot. However, it could not be helped; and, after all, she has seen the Great God Pan."

Clarke sah, wie er ihr einen Kranz wie eine Tonsur aus dem Haar schnitt, und die Lampe wurde näher herangeführt. Raymond nahm ein kleines glitzerndes Instrument aus einem Kästchen, woraufhin sich Clarke schaudernd wegdrehte. Als er wieder hinsah, verband der Arzt die Wunde, die er verursacht hatte.

"Sie wird in fünf Minuten aufwachen." Raymond war immer noch vollkommen gelassen. "Es gibt nichts mehr zu tun; wir können nur warten."

Die Minuten vergingen langsam, man hörte ein langsames, deutliches Ticken. In der Halle stand eine alte Uhr. Clarke fühlte sich krank und schwach; seine Knie zitterten unter ihm, er konnte kaum stehen.

Plötzlich, während sie zusahen, hörten sie ein langgezogenes Seufzen, und plötzlich kehrte die verschwundene Farbe auf die Wangen des Mädchens zurück, und plötzlich öffneten sich ihre Augen. Clarke zitterte vor ihnen. Sie leuchteten in einem schrecklichen Licht, schauten weit weg, und ein großes Erstaunen ergriff ihr Gesicht, und ihre Hände streckten sich aus, als wollten sie das Unsichtbare berühren; aber in diesem Augenblick verblasste das Erstaunen und machte dem furchtbarsten Schrecken Platz. Die Muskeln ihres Gesichtes waren grässlich verkrampft, sie zitterte von Kopf bis Fuß; die Seele schien im Haus des Fleisches zu kämpfen und zu schaudern. Es war ein schrecklicher Anblick, und Clarke eilte nach vorne, als sie schreiend zu Boden fiel.

Drei Tage später brachte Raymond Clarke zu Marys Bett. Sie lag hellwach, rollte ihren Kopf von einer Seite zur anderen und grinste leer.

"Ja", sagte der Arzt, immer noch ganz kühl, "es ist sehr schade; sie ist eine hoffnungslose Idiotin. Aber es war nicht zu ändern, und schließlich hat sie den großen Gott Pan gesehen".

II. MR. CLARKE'S MEMOIRS

Mr. Clarke, the gentleman chosen by Dr. Raymond to witness the strange experiment of the god Pan, was a person in whose character caution and curiosity were oddly mingled; in his sober moments he thought of the unusual and eccentric with undisguised aversion, and yet, deep in his heart, there was a wide-eyed inquisitiveness with respect to all the more recondite and esoteric elements in the nature of men. The latter tendency had prevailed when he accepted Raymond's invitation, for though his considered judgment had always repudiated the doctor's theories as the wildest nonsense, yet he secretly hugged a belief in fantasy, and would have rejoiced to see that belief confirmed. The horrors that he witnessed in the dreary laboratory were to a certain extent salutary; he was conscious of being involved in an affair not altogether reputable, and for many years afterwards he clung bravely to the commonplace, and rejected all occasions of occult investigation. Indeed, on some homeopathic principle, he for some time attended the seances of distinguished mediums, hoping that the clumsy tricks of these gentlemen would make him altogether disgusted with mysticism of every kind, but the remedy, though caustic, was not efficacious. Clarke knew that he still pined for the unseen, and little by little, the old passion began to reassert itself, as the face of Mary, shuddering and convulsed with an unknown terror, faded slowly from his memory. Occupied all day in pursuits both serious and lucrative, the temptation to relax in the evening was too great, especially in the winter months, when the fire cast a warm glow over his snug bachelor apartment, and a bottle of some choice claret stood ready by his elbow. His dinner digested, he would make a brief pretence of reading the evening paper, but the mere catalogue of news soon palled upon him, and Clarke would find himself casting glances of warm desire in the direction of an old Japanese bureau, which stood at a pleasant distance from the hearth. Like a boy before a jam-closet, for a few minutes he would hover indecisive, but lust always prevailed, and Clarke ended by drawing up his chair, lighting a candle, and sitting down before the bureau.

II. Mr. Clarkes Memoiren

Mr. Clarke, der Gentleman, den Dr. Raymond auswählte, um dem seltsamen Experiment des Gottes Pan beizuwohnen, war eine Person, in deren Charakter sich Vorsicht und Neugier seltsam vermischten; in seinen nüchternen Momenten dachte er an das Ungewöhnliche und Exzentrische mit unverhohlener Abneigung, und doch gab es tief in seinem Herzen eine große Wissbegierde in Bezug auf all die eher tiefgründigen und esoterischen Elemente in der Natur des Menschen. Die letztere Tendenz hatte sich durchgesetzt, als er Raymonds Einladung annahm, denn obwohl sein wohlüberlegtes Urteil die Theorien des Arztes stets als den wildesten Unsinn zurückgewiesen hatte, hielt er insgeheim an seinem Glauben an die Fantasterei fest und hätte sich gefreut, wenn dieser Glaube bestätigt worden wäre. Die Schrecken, die er in dem tristen Laboratorium erlebte, waren in gewisser Weise heilsam; er war sich bewusst, in eine nicht ganz seriöse Affäre verwickelt zu sein, und viele Jahre lang hielt er sich danach tapfer an das Gewöhnliche und lehnte alle Gelegenheiten zu okkulten Untersuchungen ab. In der Tat nahm er aus einem homöopathischen Prinzip heraus einige Zeit lang an den Séancen bedeutender Medien teil, in der Hoffnung, dass die ungeschickten Tricks dieser Herren ihn von jeder Art von Mystik völlig angewidert machen würden, aber das Mittel, obwohl es ätzend war, war nicht wirksam. Clarke wusste, dass er immer noch nach dem Unsichtbaren schmachtete, und nach und nach begann sich die alte Leidenschaft wieder durchzusetzen, als das Gesicht Marias, schaudernd und von einem unbekannten Schrecken erschüttert, langsam aus seiner Erinnerung verschwand. Den ganzen Tag mit ernsthaften und lukrativen Beschäftigungen befasst, war die Versuchung groß, sich abends zu entspannen, vor allem in den Wintermonaten, wenn das Feuer einen warmen Schein über seine gemütliche Junggesellenwohnung warf und eine Flasche erlesenen Rotweins an seinem Ellbogen bereitstand. Sein Abendessen war verdaut, er tat kurz so, als würde er die Abendzeitung lesen, aber der bloße Überblick über die Neuigkeiten überwältigte ihn bald, und Clarke warf einen Blick voller Sehnsucht in Richtung eines alten japanischen Büromöbels, das in angemessener Entfernung vom Herd stand. Wie ein Junge vor einem Marmeladenschrank blieb er einige Minuten lang unentschlossen, aber die Begierde herrschte immer vor, und Clarke schloss damit, dass er seinen Stuhl aufrichtete, eine Kerze anzündete und sich vor dem Schreibtisch niederließ.

Its pigeon-holes and drawers teemed with documents on the most morbid subjects, and in the well reposed a large manuscript volume, in which he had painfully entered the gems of his collection. Clarke had a fine contempt for published literature; the most ghostly story ceased to interest him if it happened to be printed; his sole pleasure was in the reading, compiling, and rearranging what he called his "Memoirs to prove the Existence of the Devil," and engaged in this pursuit the evening seemed to fly and the night appeared too short.

On one particular evening, an ugly December night, black with fog, and raw with frost, Clarke hurried over his dinner, and scarcely deigned to observe his customary ritual of taking up the paper and laying it down again. He paced two or three times up and down the room, and opened the bureau, stood still a moment, and sat down. He leant back, absorbed in one of those dreams to which he was subject, and at length drew out his book, and opened it at the last entry. There were three or four pages densely covered with Clarke's round, set penmanship, and at the beginning he had written in a somewhat larger hand:

Singular Narrative told me by my Friend, Dr. Phillips.

He assures me that all the facts related therein are strictly and wholly True, but refuses to give either the Surnames of the Persons Concerned, or the Place where these Extraordinary Events occurred.

Mr. Clarke began to read over the account for the tenth time, glancing now and then at the pencil notes he had made when it was told him by his friend. It was one of his humours to pride himself on a certain literary ability; he thought well of his style, and took pains in arranging the circumstances in dramatic order. He read the following story:—

In seinen Fächern und Schubladen wimmelte es von Dokumenten zu den morbidesten Themen, und in dem gut verwahrten Manuskript-Band hatte er auf mühsame Weise die Edelsteine seiner Sammlung aufgenommen. Clarke hatte eine feine Verachtung für veröffentlichte Literatur; die Geistergeschichte hörte auf, ihn zu interessieren, wenn sie zufällig gedruckt wurde; sein einziges Vergnügen bestand in der Lektüre, Zusammenstellung und Neuanordnung dessen, was er seine "Memoiren zum Beweis der Existenz des Teufels" nannte, und bei dieser Beschäftigung schien der Abend zu verfliegen und die Nacht zu kurz zu sein.

An einem bestimmten Abend, in einer hässlichen Dezembernacht, düster im Nebel und rau im Frost, eilte Clarke zu seinem Abendessen und ließ sich kaum dazu herab, sein übliches Ritual zu befolgen, die Zeitung aufzunehmen und wieder wegzulegen. Er schritt zwei- oder dreimal im Raum auf und ab und öffnete die Kommode, stand einen Moment still und setzte sich. Er lehnte sich zurück, versunken in einen dieser Träume, denen er verfallen war, und zog sein Buch heraus und öffnete es beim letzten Eintrag. Es waren drei oder vier Seiten, die dicht mit Clarkes runder, gesetzter Schrift bedeckt waren, und am Anfang hatte er mit einer etwas größeren Hand geschrieben:

Einzigartige Geschichte, erzählt von meinem Freund Dr. Phillips.

Er versicherte mir, dass alle Fakten

darin genau und vollständig wahr sind, aber

weigert sich, entweder die Familiennamen der

Betroffenen oder den Ort, an dem diese

außerordentlichen Ereignisse eingetreten sind, anzugeben.

Mr. Clarke begann, den Bericht zum zehnten Mal zu lesen, wobei er hin und wieder einen Blick auf die Bleistiftnotizen warf, die er gemacht hatte, als er von seinem Freund darüber informiert wurde. Es gehörte zu seinem Humor, auf eine gewisse literarische Fähigkeit stolz zu sein; er dachte wohl über seinen Stil nach und bemühte sich, die Umstände in dramatischer Reihenfolge zu ordnen. Er las die folgende Geschichte vor:
-

The persons concerned in this statement are Helen V., who, if she is still alive, must now be a woman of twenty-three, Rachel M., since deceased, who was a year younger than the above, and Trevor W., an imbecile, aged eighteen. These persons were at the period of the story inhabitants of a village on the borders of Wales, a place of some importance in the time of the Roman occupation, but now a scattered hamlet, of not more than five hundred souls. It is situated on rising ground, about six miles from the sea, and is sheltered by a large and picturesque forest.

Some eleven years ago, Helen V. came to the village under rather peculiar circumstances. It is understood that she, being an orphan, was adopted in her infancy by a distant relative, who brought her up in his own house until she was twelve years old. Thinking, however, that it would be better for the child to have playmates of her own age, he advertised in several local papers for a good home in a comfortable farmhouse for a girl of twelve, and this advertisement was answered by Mr. R., a well-to-do farmer in the above-mentioned village. His references proving satisfactory, the gentleman sent his adopted daughter to Mr. R., with a letter, in which he stipulated that the girl should have a room to herself, and stated that her guardians need be at no trouble in the matter of education, as she was already sufficiently educated for the position in life which she would occupy. In fact, Mr. R. was given to understand that the girl be allowed to find her own occupations and to spend her time almost as she liked. Mr. R. duly met her at the nearest station, a town seven miles away from his house, and seems to have remarked nothing extraordinary about the child except that she was reticent as to her former life and her adopted father. She was, however, of a very different type from the inhabitants of the village; her skin was a pale, clear olive, and her features were strongly marked, and of a somewhat foreign character. She appears to have settled down easily enough into farmhouse life, and became a favourite with the children, who sometimes went with her on her rambles in the forest, for this was her amusement.

Bei den Personen, die von dieser Meldung betroffen sind, handelt es sich um Helen V., die, falls sie noch lebt, jetzt eine Frau von dreiundzwanzig Jahren sein muss, Rachel M., die, da sie verstorben ist, ein Jahr jünger als die oben genannte war, und Trevor W., ein Schwachsinniger, achtzehn Jahre alt. Diese Personen waren zur Zeit der Geschehnisse Bewohner eines Dorfes an der Grenze von Wales, einem Ort, der zur Zeit der römischen Besetzung eine gewisse Bedeutung hatte, heute aber ein zerstreuter Weiler ist, mit nicht mehr als fünfhundert Seelen. Er liegt auf einer Anhöhe, etwa sechs Meilen vom Meer entfernt, und wird von einem großen und malerischen Wald geschützt.

Vor etwa elf Jahren kam Helen V. unter recht merkwürdigen Umständen in das Dorf. Es wird davon ausgegangen, dass sie als Waise von einem entfernten Verwandten adoptiert wurde, der sie in seinem eigenen Haus aufzog, bis sie zwölf Jahre alt war. Da er jedoch der Meinung war, dass es für das Kind besser wäre, Spielkameraden in ihrem Alter zu haben, inserierte er in mehreren Lokalzeitungen nach einem guten Zuhause in einem geeigneten Bauernhaus für ein zwölfjähriges Mädchen, und diese Anzeige wurde von Herrn R., einem wohlhabenden Bauern in dem oben erwähnten Dorf, beantwortet. Als seine Referenzen sich als zufriedenstellend erwiesen, schickte der Herr seine Adoptivtochter mit einem Brief an Herrn R., in dem er vorschrieb, dass das Mädchen ein Zimmer für sich allein haben solle, und erklärte, dass ihre Sorgeberechtigten hinsichtlich der Erziehung keine Unannehmlichkeiten haben würden, da sie bereits ausreichend für ihre Stellung im Leben, die sie einnehmen würde, ausgebildet sei. In der Tat wird Herrn R. zu verstehen gegeben, dass es dem Mädchen erlaubt ist, ihre eigenen Beschäftigungen zu finden und ihre Zeit fast so zu verbringen, wie sie es möchte. Herr R. traf sie ordnungsgemäß am nächsten Bahnhof, einer Stadt, etwa sieben Meilen von seinem Haus entfernt, und er scheint nichts Außergewöhnliches an dem Kind bemerkt zu haben, außer, dass sie zurückhaltend war, was ihr früheres Leben und ihren Adoptivvater betraf. Sie war jedoch von einem ganz anderen Typ als die Bewohner des Dorfes; ihre Haut war von einer hellen, klaren Olivfarbe, und ihre Gesichtszüge waren stark ausgeprägt und von etwas fremdartigem Charakter. Es scheint, dass sie sich leicht genug in das Leben auf dem Bauernhof eingelebt hat und zu einem Liebling der Kinder geworden ist, die sie manchmal auf ihren Wanderungen im Wald begleiteten, denn das war ihr Vergnügen.

Mr. R. states that he has known her to go out by herself directly after their early breakfast, and not return till after dusk, and that, feeling uneasy at a young girl being out alone for so many hours, he communicated with her adopted father, who replied in a brief note that Helen must do as she chose. In the winter, when the forest paths are impassable, she spent most of her time in her bedroom, where she slept alone, according to the instructions of her relative. It was on one of these expeditions to the forest that the first of the singular incidents with which this girl is connected occurred, the date being about a year after her arrival at the village. The preceding winter had been remarkably severe, the snow drifting to a great depth, and the frost continuing for an unexampled period, and the summer following was as noteworthy for its extreme heat. On one of the very hottest days in this summer, Helen V. left the farmhouse for one of her long rambles in the forest, taking with her, as usual, some bread and meat for lunch. She was seen by some men in the fields making for the old Roman Road, a green causeway which traverses the highest part of the wood, and they were astonished to observe that the girl had taken off her hat, though the heat of the sun was already tropical. As it happened, a labourer, Joseph W. by name, was working in the forest near the Roman Road, and at twelve o'clock his little son, Trevor, brought the man his dinner of bread and cheese. After the meal, the boy, who was about seven years old at the time, left his father at work, and, as he said, went to look for flowers in the wood, and the man, who could hear him shouting with delight at his discoveries, felt no uneasiness. Suddenly, however, he was horrified at hearing the most dreadful screams, evidently the result of great terror, proceeding from the direction in which his son had gone, and he hastily threw down his tools and ran to see what had happened. Tracing his path by the sound, he met the little boy, who was running headlong, and was evidently terribly frightened, and on questioning him the man elicited that after picking a posy of flowers he felt tired, and lay down on the grass and fell asleep. He was suddenly awakened, as he stated, by a peculiar noise, a sort of singing he called it, and on peeping through the branches he saw Helen V. playing on the grass with a "strange naked man," who he seemed unable to describe more fully.

Herr R. erklärt, dass er wusste, dass sie direkt nach dem zeitigen Frühstück allein ausging und erst nach der Dämmerung zurückkehrte, und dass er sich bei einem jungen Mädchen, das so viele Stunden allein unterwegs war, unwohl fühlte und mit ihrem Adoptivvater kommunizierte, der in einer kurzen Notiz antwortete, dass Helen tun müsse, was sie wolle. Im Winter, wenn die Waldwege unpassierbar sind, verbrachte sie die meiste Zeit in ihrem Schlafzimmer, wo sie nach den Anweisungen ihres Verwandten allein schlief. Auf einer dieser Expeditionen in den Wald ereignete sich der erste der merkwürdigen Vorfälle, mit denen dieses Mädchen in Verbindung gebracht wurde, wobei das Ereignis etwa ein Jahr nach ihrer Ankunft im Dorf stattfand. Der vorangegangene Winter war bemerkenswert streng gewesen, der Schnee war sehr tief geraten und der Frost hielt für eine beispiellose Zeit an, und der folgende Sommer war ebenso bemerkenswert wegen seiner extremen Hitze. An einem der heißesten Tage dieses Sommers verließ Helen V. das Bauernhaus für eine ihrer langen Wanderungen im Wald und nahm wie üblich etwas Brot und Fleisch zum Mittagessen mit. Einige Männer sahen sie auf den Feldern, wie sie die alte Römerstraße zu einem grünen Damm ausbauten, der den obersten Teil des Waldes durchquert, und stellten mit Erstaunen fest, dass das Mädchen seinen Hut abgenommen hatte, obwohl die Hitze der Sonne bereits tropisch war. Zufällig arbeitete ein Arbeiter, namens Joseph W., im Wald in der Nähe der Römerstraße, und um zwölf Uhr brachte sein kleiner Sohn Trevor dem Mann sein Essen mit Brot und Käse. Nach dem Essen ließ der damals etwa siebenjährige Junge seinen Vater bei der Arbeit zurück und ging, wie er sagte, im Wald nach Blumen suchen, und der Mann, der ihn vor Freude über seine Entdeckungen schreien hörte, fühlte kein Unbehagen. Plötzlich jedoch war er entsetzt, als er die schrecklichsten Schreie hörte, die offensichtlich das Ergebnis großen Entsetzens waren und aus der Richtung kamen, in die sein Sohn gegangen war, und er warf eilig seine Werkzeuge weg und rannte, um zu sehen, was passiert war. Als er seinen Weg anhand des Geräusches folgte, traf er auf den kleinen Jungen, der kopflos lief und offensichtlich furchtbare Angst hatte, und als er ihn befragte, stellte der Mann fest, dass er sich nach dem Pflücken eines Blumenstraußes müde fühlte, sich ins Gras gelegt hatte und eingeschlafen war. Plötzlich wurde er, wie er sagte, durch ein seltsames Geräusch, eine Art Gesang, wie er es nannte, geweckt, und als er durch die Zweige spähte, sah er Helen V. mit einem "seltsamen nackten Mann", den er nicht näher beschreiben zu können schien, auf dem Gras spielen.

He said he felt dreadfully frightened and ran away crying for his father. Joseph W. proceeded in the direction indicated by his son, and found Helen V. sitting on the grass in the middle of a glade or open space left by charcoal burners. He angrily charged her with frightening his little boy, but she entirely denied the accusation and laughed at the child's story of a "strange man," to which he himself did not attach much credence. Joseph W. came to the conclusion that the boy had woke up with a sudden fright, as children sometimes do, but Trevor persisted in his story, and continued in such evident distress that at last his father took him home, hoping that his mother would be able to soothe him. For many weeks, however, the boy gave his parents much anxiety; he became nervous and strange in his manner, refusing to leave the cottage by himself, and constantly alarming the household by waking in the night with cries of "The man in the wood! father! father!"

In course of time, however, the impression seemed to have worn off, and about three months later he accompanied his father to the home of a gentleman in the neighborhood, for whom Joseph W. occasionally did work. The man was shown into the study, and the little boy was left sitting in the hall, and a few minutes later, while the gentleman was giving W. his instructions, they were both horrified by a piercing shriek and the sound of a fall, and rushing out they found the child lying senseless on the floor, his face contorted with terror. The doctor was immediately summoned, and after some examination he pronounced the child to be suffering form a kind of fit, apparently produced by a sudden shock. The boy was taken to one of the bedrooms, and after some time recovered consciousness, but only to pass into a condition described by the medical man as one of violent hysteria. The doctor exhibited a strong sedative, and in the course of two hours pronounced him fit to walk home, but in passing through the hall the paroxysms of fright returned and with additional violence. The father perceived that the child was pointing at some object, and heard the old cry, "The man in the wood," and looking in the direction indicated saw a stone head of grotesque appearance, which had been built into the wall above one of the doors.

Er sagte, er fühlte schreckliche Angst und lief heulend zu seinem Vater zurück. Joseph W. ging in die von seinem Sohn angezeigte Richtung und fand Helen V. auf dem Gras inmitten einer Lichtung oder einer von Köhlern hinterlassenen offenen Fläche sitzen. Er beschuldigte sie wütend, seinen kleinen Jungen erschreckt zu haben, aber sie stritt die Anschuldigung völlig ab und lachte über die Geschichte des Kindes von einem "seltsamen Mann", an die er selbst nicht viel glaubte. Joseph W. kam zu dem Schluss, dass der Junge mit einem plötzlichen Schrecken aufgewacht war, wie es Kinder manchmal tun, aber Trevor blieb bei seiner Geschichte und erzählte sie weiterhin in so offensichtlicher Verzweiflung, dass sein Vater ihn endlich nach Hause brachte, in der Hoffnung, dass seine Mutter ihn beruhigen könnte. Viele Wochen lang machte der Junge seinen Eltern jedoch große Sorgen; er wurde nervös und seltsam in seiner Art, weigerte sich, das Haus allein zu verlassen, und alarmierte den Hausherrn ständig, weil er in der Nacht aufwachte und schrie: "Der Mann im Wald! Vater! Vater!"

Im Laufe der Zeit schien der Eindruck jedoch nachgelassen zu haben, und etwa drei Monate später begleitete er seinen Vater in das Haus eines Herrn in der Nachbarschaft, für den Joseph W. gelegentlich arbeitete. Der Mann wurde in das Arbeitszimmer geführt, und der kleine Junge blieb im Flur sitzen, und einige Minuten später, während der Herr W. seine Anweisungen gab, waren beide durch einen durchdringenden Schrei und das Geräusch eines Sturzes erschrocken, und als sie hinausstürzten, fanden sie das Kind ohnmächtig auf dem Boden liegen, das Gesicht vor Schrecken verzerrt. Der Arzt wurde sofort gerufen, und nach einer Untersuchung erklärte er, das Kind leide an einer Art Anfall, der offenbar durch einen plötzlichen Schock ausgelöst wurde. Der Junge wurde in eines der Schlafzimmer gebracht und erlangte nach einiger Zeit wieder das Bewusstsein, aber nur, um in einen Zustand zu geraten, den der Arzt als gewalttätige Hysterie beschrieb. Der Arzt gab ihm ein starkes Beruhigungsmittel, und im Laufe von zwei Stunden erklärte er sich für fit, um wieder nach Hause gehen zu können, aber beim Durchschreiten des Flurs kehrten die Schreckensparoxysmen zurück, und zwar mit noch größerer Gewalt. Der Vater bemerkte, dass das Kind auf einen Gegenstand zeigte, hörte den alten Schrei "Der Mann im Wald" und sah in die angezeigte Richtung einen grotesk aussehenden Steinkopf, der in die Wand über einer der Türen eingebaut war.

It seems the owner of the house had recently made alterations in his premises, and on digging the foundations for some offices, the men had found a curious head, evidently of the Roman period, which had been placed in the manner described. The head is pronounced by the most experienced archaeologists of the district to be that of a faun or satyr. *[Dr. Phillips tells me that he has seen the head in question, and assures me that he has never received such a vivid presentment of intense evil.]*

From whatever cause arising, this second shock seemed too severe for the boy Trevor, and at the present date he suffers from a weakness of intellect, which gives but little promise of amending. The matter caused a good deal of sensation at the time, and the girl Helen was closely questioned by Mr. R., but to no purpose, she steadfastly denying that she had frightened or in any way molested Trevor.

The second event with which this girl's name is connected took place about six years ago, and is of a still more extraordinary character.

At the beginning of the summer of 1882, Helen contracted a friendship of a peculiarly intimate character with Rachel M., the daughter of a prosperous farmer in the neighbourhood. This girl, who was a year younger than Helen, was considered by most people to be the prettier of the two, though Helen's features had to a great extent softened as she became older. The two girls, who were together on every available opportunity, presented a singular contrast, the one with her clear, olive skin and almost Italian appearance, and the other of the proverbial red and white of our rural districts. It must be stated that the payments made to Mr. R. for the maintenance of Helen were known in the village for their excessive liberality, and the impression was general that she would one day inherit a large sum of money from her relative. The parents of Rachel were therefore not averse from their daughter's friendship with the girl, and even encouraged the intimacy, though they now bitterly regret having done so. Helen still retained her extraordinary fondness for the forest, and on several occasions Rachel accompanied her, the two friends setting out early in the morning, and remaining in the wood until dusk.

Es scheint, dass der Besitzer des Hauses vor kurzem Änderungen in seinen Räumlichkeiten vorgenommen hatte, und beim Ausheben der Fundamente für einige Büros hatten die Männer einen merkwürdigen Kopf gefunden, der offensichtlich aus der römischen Zeit stammte und in der beschriebenen Weise platziert worden war. Der Kopf wird von den erfahrensten Archäologen des Bezirks als der eines Fauns oder Satyrs bezeichnet. *[Dr. Phillips sagt mir, dass er den fraglichen Kopf gesehen hat, und versichert mir, dass er noch nie eine so lebhafte Darstellung des intensiven Bösen erhalten hat].*

Aus welchem Grund auch immer, dieser zweite Schock war zu stark für den Jungen Trevor, und zum jetzigen Zeitpunkt leidet er an einer Geistesschwäche, die nur wenig Hoffnung auf Heilung gibt. Die Angelegenheit erregte damals viel Aufsehen, und das Mädchen Helen wurde von Herrn R. genauestens befragt, aber ohne erkennbaren Grund bestritt sie standhaft, Trevor erschreckt oder in irgendeiner Weise belästigt zu haben.

Das zweite Ereignis, mit dem der Name dieses Mädchens verbunden ist, fand vor etwa sechs Jahren statt und ist von noch außergewöhnlicherer Art.

Zu Beginn des Sommers 1882 schloss Helen mit Rachel M., der Tochter eines wohlhabenden Bauern in der Nachbarschaft, eine Freundschaft von eigentümlich intimer Art und Weise. Dieses Mädchen, das ein Jahr jünger als Helen war, wurde von den meisten Menschen als die Hübschere der beiden angesehen, obwohl Helens Gesichtszüge mit zunehmendem Alter weitgehend gemildert worden waren. Die beiden Mädchen, die bei jeder sich bietenden Gelegenheit zusammen waren, stellten einen einzigartigen Kontrast dar, die eine mit ihrer klaren, olivfarbenen Haut und fast italienischem Aussehen, und die andere mit dem sprichwörtlichen Rot und Weiß unserer ländlichen Gegenden. Es muss festgestellt werden, dass die an Herrn R. für den Unterhalt von Helen geleisteten Zahlungen im Dorf für ihre außerordentliche Großzügigkeit bekannt waren, und es herrschte der Eindruck, dass sie eines Tages eine große Summe Geld von ihrem Verwandten erben würde. Die Eltern von Rachel waren daher der Freundschaft ihrer Tochter mit dem Mädchen nicht abgeneigt und förderten sogar die Intimität, obwohl sie dies nun bitter bereuen. Helen behielt ihre außergewöhnliche Vorliebe für den Wald bei, und bei mehreren Gelegenheiten begleitete Rachel sie, wobei die beiden Freundinnen früh am Morgen aufbrachen und bis zur Dämmerung im Wald blieben.

Once or twice after these excursions Mrs. M. thought her daughter's manner rather peculiar; she seemed languid and dreamy, and as it has been expressed, "different from herself," but these peculiarities seem to have been thought too trifling for remark.

One evening, however, after Rachel had come home, her mother heard a noise which sounded like suppressed weeping in the girl's room, and on going in found her lying, half undressed, upon the bed, evidently in the greatest distress. As soon as she saw her mother, she exclaimed, "Ah, mother, mother, why did you let me go to the forest with Helen?" Mrs. M. was astonished at so strange a question, and proceeded to make inquiries. Rachel told her a wild story. She said —

Clarke closed the book with a snap, and turned his chair towards the fire. When his friend sat one evening in that very chair, and told his story, Clarke had interrupted him at a point a little subsequent to this, had cut short his words in a paroxysm of horror. "My God!" he had exclaimed, "think, think what you are saying. It is too incredible, too monstrous; such things can never be in this quiet world, where men and women live and die, and struggle, and conquer, or maybe fail, and fall down under sorrow, and grieve and suffer strange fortunes for many a year; but not this, Phillips, not such things as this. There must be some explanation, some way out of the terror. Why, man, if such a case were possible, our earth would be a nightmare."

But Phillips had told his story to the end, concluding:

"Her flight remains a mystery to this day; she vanished in broad sunlight; they saw her walking in a meadow, and a few moments later she was not there."

Clarke tried to conceive the thing again, as he sat by the fire, and again his mind shuddered and shrank back, appalled before the sight of such awful, unspeakable elements enthroned as it were, and triumphant in human flesh. Before him stretched the long dim vista of the green causeway in the forest, as his friend had described it; he saw the swaying leaves and the quivering shadows on the grass, he saw the sunlight and the flowers, and far away, far in the long distance, the two figures moved toward him. One was Rachel, but the other?

34

Ein- oder zweimal nach diesen Ausflügen fand Frau M. das Verhalten ihrer Tochter ziemlich eigenartig; sie schien träge und verträumt und, wie es ausgedrückt wurde, "anders als sie selbst", aber diese Eigenheiten schienen zu unbedeutend für eine Erklärung zu sein.

Eines Abends jedoch, nachdem Rachel nach Hause gekommen war, hörte ihre Mutter im Zimmer des Mädchens ein Geräusch, das wie unterdrücktes Weinen klang, und beim Reingehen fand sie sie halb entkleidet auf dem Bett liegen, offensichtlich in größter Not. Sobald sie ihre Mutter sah, rief sie aus: "Ah, Mutter, Mutter, warum hast du mich mit Helen in den Wald gehen lassen? Frau M. war erstaunt über diese seltsame Frage und erkundigte sich weiter. Rachel erzählte ihr eine wilde Geschichte. Sie sagte ...

Clarke schloss den Band mit einem Knall und drehte seinen Stuhl zum Feuer hin. Als sein Freund eines Abends in eben diesem Stuhl saß und seine Geschichte erzählte, hatte Clarke ihn kurz darauf unterbrochen, hatte seine Worte in einem Anfall von Entsetzen gekürzt. "Mein Gott!", hatte er ausgerufen, "denk, denk, was du da sagst. Es ist zu unglaublich, zu ungeheuerlich; solche Dinge können in dieser ruhigen Welt, in der Männer und Frauen leben und sterben und kämpfen und erobern oder vielleicht scheitern und unter Trauer fallen und trauern und viele Jahre lang seltsame Schicksale erleiden, niemals sein; aber nicht dies, Phillips, nicht solche Dinge. Es muss eine Erklärung geben, einen Ausweg aus dem Grauen. Wenn ein solcher Fall möglich wäre, wäre unsere Erde ein Alptraum.

Aber Phillips hatte seine Geschichte zu Ende erzählt und damit abgeschlossen:

"Ihre Flucht ist bis heute ein Rätsel; sie verschwand im hellen Sonnenlicht; man sah sie auf einer Wiese gehen, und wenige Augenblicke später war sie nicht mehr da."

Clarke versuchte, sich das Ganze noch einmal vorzustellen, als er am Feuer saß, und wieder erschauderte sein Verstand und schreckte zurück, entsetzt beim Blick auf solch scheußliche, unaussprechliche Wesen, die sozusagen in Menschengestalt thronten und triumphierten. Vor ihm breitete sich der lange, düstere Anblick des grünen Dammes im Wald aus, wie sein Freund ihn beschrieben hatte; er sah das schwankende Laub und die zitternden Schatten im Gras, er sah das Sonnenlicht und die Blumen, und weit, weit weg bewegten sich die beiden Gestalten auf ihn zu. Die eine war Rachel, aber die andere?

Clarke had tried his best to disbelieve it all, but at the end of the account, as he had written it in his book, he had placed the inscription:

ET DIABOLUS INCARNATE EST. ET HOMO FACTUS EST.

Clarke hatte sein Bestes versucht, dem Ganzen zu widersprechen, aber am Ende des Berichts, so wie er es in seinem Buch geschrieben hatte, hatte er die Inschrift angebracht:

ET DIABOLUS INCARNATE EST. ET HOMO FACTUS EST. (Lat. Der Teufel in Menschengestalt. Er hat den Menschen.)

III. THE CITY OF RESURRECTIONS

"Herbert! Good God! Is it possible?"

"Yes, my name's Herbert. I think I know your face, too, but I don't remember your name. My memory is very queer."

"Don't you recollect Villiers of Wadham?"

"So it is, so it is. I beg your pardon, Villiers, I didn't think I was begging of an old college friend. Good-night."

"My dear fellow, this haste is unnecessary. My rooms are close by, but we won't go there just yet. Suppose we walk up Shaftesbury Avenue a little way? But how in heaven's name have you come to this pass, Herbert?"

"It's a long story, Villiers, and a strange one too, but you can hear it if you like."

"Come on, then. Take my arm, you don't seem very strong."

The ill-assorted pair moved slowly up Rupert Street; the one in dirty, evil-looking rags, and the other attired in the regulation uniform of a man about town, trim, glossy, and eminently well-to-do. Villiers had emerged from his restaurant after an excellent dinner of many courses, assisted by an ingratiating little flask of Chianti, and, in that frame of mind which was with him almost chronic, had delayed a moment by the door, peering round in the dimly-lighted street in search of those mysterious incidents and persons with which the streets of London teem in every quarter and every hour. Villiers prided himself as a practised explorer of such obscure mazes and byways of London life, and in this unprofitable pursuit he displayed an assiduity which was worthy of more serious employment. Thus he stood by the lamp-post surveying the passers-by with undisguised curiosity, and with that gravity known only to the systematic diner, had just enunciated in his mind the formula: "London has been called the city of encounters; it is more than that, it is the city of Resurrections," when these reflections were suddenly interrupted by a piteous whine at his elbow, and a deplorable appeal for alms.

III. Die wiedererwachte Stadt

"Herbert! Großer Gott! Ist das möglich?"

"Ja, ich heiße Herbert. Ich glaube, ich kenne auch Ihr Gesicht, aber ich erinnere mich nicht an Ihren Namen. Mein Gedächtnis ist sehr verschwommen."

"Erinnern Sie sich nicht an Villiers of Wadham?"

"So ist es, so ist es. Verzeihung, Villiers, ich dachte nicht, dass ich einen alten College-Freund um etwas ersuche. Gute Nacht."

"Mein lieber Freund, diese Eile ist unnötig. Ich wohne in der Nähe, aber wir gehen noch nicht hin. Gehen wir doch ein Stück die Shaftesbury Avenue hinauf. Aber wie um Himmels willen bist du überhaupt hierher gekommen, Herbert?"

"Es ist eine lange Geschichte, Villiers, und eine seltsame dazu, aber du kannst sie hören, wenn du willst."

"Dann komm. Nimm meinen Arm, du scheinst nicht sehr robust zu sein."

Das schlecht zusammengestellte Paar bewegte sich langsam die Rupert Street hinauf; der eine in schmutzigen, hässlichen Lumpen und der andere in der üblichen Stadtkleidung, schick, glänzend und überaus wohlhabend. Villiers war nach einem ausgezeichneten Abendessen mit vielen Gängen, unterstützt von einem kleinen Fläschchen Chianti, aus seinem Restaurant herausgekommen und hatte in seiner fast schon chronischen Gemütsverfassung einen Moment an der Tür verweilt, um in der schwach beleuchteten Straße auf der Suche nach den mysteriösen Vorfällen und Personen, von denen die Straßen Londons zu jeder Viertelstunde und zu jeder Stunde wimmeln, herumzuspähen. Villiers rühmte sich als geübter Erforscher solch obskurer Labyrinthe und Nebenwege des Londoner Lebens, und bei dieser unergiebigen Suche zeigte er eine Beharrlichkeit, die einer ernsthafteren Beschäftigung würdig war. So stand er am Laternenpfahl und beobachtete die Passanten mit unverhohlener Neugier, und mit jener Ernsthaftigkeit, die nur der erfahrene Restaurantbesucher kennt, hatte er gerade die Formel in seinem Kopf ausgesprochen: "London ist die Stadt der Begegnungen genannt worden; es ist mehr als das, es ist die Stadt der Auferstehungen", als diese Überlegungen plötzlich durch ein jämmerliches Wimmern an seinem Ellbogen und einen beklagenswerten Appell um Almosen unterbrochen wurden.

He looked around in some irritation, and with a sudden shock found himself confronted with the embodied proof of his somewhat stilted fancies. There, close beside him, his face altered and disfigured by poverty and disgrace, his body barely covered by greasy ill-fitting rags, stood his old friend Charles Herbert, who had matriculated on the same day as himself, with whom he had been merry and wise for twelve revolving terms. Different occupations and varying interests had interrupted the friendship, and it was six years since Villiers had seen Herbert; and now he looked upon this wreck of a man with grief and dismay, mingled with a certain inquisitiveness as to what dreary chain of circumstances had dragged him down to such a doleful pass. Villiers felt together with compassion all the relish of the amateur in mysteries, and congratulated himself on his leisurely speculations outside the restaurant.

They walked on in silence for some time, and more than one passer-by stared in astonishment at the unaccustomed spectacle of a well-dressed man with an unmistakable beggar hanging on to his arm, and, observing this, Villiers led the way to an obscure street in Soho. Here he repeated his question.

"How on earth has it happened, Herbert? I always understood you would succeed to an excellent position in Dorsetshire. Did your father disinherit you? Surely not?"

"No, Villiers; I came into all the property at my poor father's death; he died a year after I left Oxford. He was a very good father to me, and I mourned his death sincerely enough. But you know what young men are; a few months later I came up to town and went a good deal into society. Of course I had excellent introductions, and I managed to enjoy myself very much in a harmless sort of way. I played a little, certainly, but never for heavy stakes, and the few bets I made on races brought me in money—only a few pounds, you know, but enough to pay for cigars and such petty pleasures. It was in my second season that the tide turned. Of course you have heard of my marriage?"

"No, I never heard anything about it."

Er sah sich irritiert um und sah sich in einem plötzlichen Schock mit dem verkörperten Beweis seiner etwas übersteigerten Fantasien konfrontiert. Dort, dicht neben ihm, sein Gesicht durch Armut und Schande verändert und entstellt, sein Körper kaum von schmierigen, schlecht sitzenden Lumpen bedeckt, stand sein alter Freund Charles Herbert, der am selben Tag wie er immatrikuliert worden war, mit dem er zwölf Jahre lang fröhlich und geistreich gewesen war. Unterschiedliche Berufe und Interessen hatten die Freundschaft unterbrochen, und es war sechs Jahre her, dass Villiers Herbert gesehen hatte; und nun betrachtete er dieses Wrack eines Mannes mit Trauer und Bestürzung, vermischt mit einer gewissen Neugierde, was für eine trostlose Kette von Umständen ihn in solch eine traurige Lage gebracht hatte. Villiers empfand zusammen mit dem Mitgefühl die ganze Lust des Amateurs am Geheimnisvollen und beglückwünschte sich zu seinen lockeren Spekulationen vor dem Restaurant.

Sie gingen eine Zeitlang schweigend weiter, und mehr als ein Passant starrte erstaunt auf das ungewohnte Schauspiel eines gut gekleideten Mannes mit einem unverwechselbaren Bettler, der an seinem Arm hing, und als er dies beobachtete, wies Villiers den Weg zu einer obskuren Straße in Soho. Hier wiederholte er seine Frage.

"Wie um alles in der Welt ist das passiert, Herbert? Ich habe immer geglaubt, dass du eine hervorragende Position in Dorsetshire erreichen würdest. Hat dein Vater dich enterbt? Sicherlich nicht?"

"Nein, Villiers; ich erbte den gesamten Besitz beim Tod meines armen Vaters; er starb ein Jahr, nachdem ich Oxford verlassen hatte. Er war ein sehr guter Vater für mich, und ich trauerte aufrichtig genug um seinen Tod. Aber du weißt, was junge Männer sind; einige Monate später kam ich in die Stadt und ging viel in die Gesellschaft. Natürlich hatte ich eine ausgezeichnete Einführung, und es gelang mir, mich auf eine harmlose Art und Weise zu vergnügen. Ich spielte zwar ein wenig, aber nie um hohe Einsätze, und die wenigen Wetten, die ich auf Rennen abschloss, brachten mir Geld ein - nur ein paar Pfund, aber genug, um Zigarren und solche unbedeutenden Vergnügungen zu bezahlen. In meiner zweiten Spielzeit wendete sich das Blatt. Natürlich hast du von meiner Ehe gehört?"

"Nein, ich habe nie etwas darüber gehört."

"Yes, I married, Villiers. I met a girl, a girl of the most wonderful and most strange beauty, at the house of some people whom I knew. I cannot tell you her age; I never knew it, but, so far as I can guess, I should think she must have been about nineteen when I made her acquaintance. My friends had come to know her at Florence; she told them she was an orphan, the child of an English father and an Italian mother, and she charmed them as she charmed me. The first time I saw her was at an evening party. I was standing by the door talking to a friend, when suddenly above the hum and babble of conversation I heard a voice which seemed to thrill to my heart. She was singing an Italian song. I was introduced to her that evening, and in three months I married Helen. Villiers, that woman, if I can call her woman, corrupted my soul. The night of the wedding I found myself sitting in her bedroom in the hotel, listening to her talk. She was sitting up in bed, and I listened to her as she spoke in her beautiful voice, spoke of things which even now I would not dare whisper in the blackest night, though I stood in the midst of a wilderness. You, Villiers, you may think you know life, and London, and what goes on day and night in this dreadful city; for all I can say you may have heard the talk of the vilest, but I tell you you can have no conception of what I know, not in your most fantastic, hideous dreams can you have imaged forth the faintest shadow of what I have heard—and seen. Yes, seen. I have seen the incredible, such horrors that even I myself sometimes stop in the middle of the street and ask whether it is possible for a man to behold such things and live. In a year, Villiers, I was a ruined man, in body and soul—in body and soul."

"But your property, Herbert? You had land in Dorset."

"I sold it all; the fields and woods, the dear old house—everything."

"And the money?"

"She took it all from me."

"And then left you?"

"Yes; she disappeared one night. I don't know where she went, but I am sure if I saw her again it would kill me. The rest of my story is of no interest; sordid misery, that is all.

"Ja, ich habe geheiratet, Villiers. Ich traf ein Mädchen, ein Mädchen von der wunderbarsten und seltsamsten Schönheit, im Haus einiger Leute, die ich kannte. Ihr Alter kann ich nicht sagen; ich habe es nie gewusst, aber soweit ich es erraten kann, muss sie etwa neunzehn Jahre alt gewesen sein, als ich ihre Bekanntschaft machte. Meine Freunde hatten sie in Florenz kennen gelernt; sie sagte ihnen, sie sei eine Waise, das Kind eines englischen Vaters und einer italienischen Mutter, und sie bezauberte die Freunde, so wie sie mich bezauberte. Das erste Mal sah ich sie auf einer Abendgesellschaft. Ich stand an der Tür und unterhielt mich mit einer Freundin, als ich plötzlich über dem Summen und Geplapper des Gesprächs eine Stimme hörte, die mein Herz zu erregen schien. Sie sang ein italienisches Lied. An diesem Abend wurde ich ihr vorgestellt, und in drei Monaten heiratete ich Helen. Villiers, diese Frau, wenn ich sie Frau nennen darf, verdarb meine Seele. In der Hochzeitsnacht saß ich in ihrem Schlafzimmer im Hotel und hörte mir ihre Rede an. Sie saß im Bett, und ich hörte ihr zu, wie sie mit ihrer schönen Stimme sprach, über Dinge sprach, die ich selbst jetzt in der schwärzesten Nacht nicht zu flüstern wagen würde, auch wenn ich mitten in der Wüste stünde. Du, Villiers, du glaubst vielleicht, das Leben und London zu kennen, und was Tag und Nacht in dieser schrecklichen Stadt vor sich geht; denn alles, was ich sagen kann, ist, dass du vielleicht das Gerede der Übelsten gehört hast, aber ich sage dir, dass du keine Vorstellung von dem haben kannst, was ich weiß, nicht in deinen fantastischsten, abscheulichsten Träumen kannst du den leisesten Schatten dessen, was ich gehört und gesehen habe, erahnen können. Ja, gesehen. Ich habe das Unglaubliche gesehen, solche Schrecken, dass sogar ich selbst manchmal mitten auf der Straße stehen bleibe und mich frage, ob es für einen Menschen möglich ist, solche Dinge zu sehen und damit zu leben. In einem Jahr, Villiers, war ich ein ruinierter Mann, an Leib und Seele - an Leib und Seele.

"Aber dein Besitz, Herbert? Du hattest Land in Dorset."

"Ich habe alles verkauft; die Felder und Wälder, das liebe alte Haus - alles."

"Und das Geld?"

"Sie hat mir alles genommen."

"Und dann hat sie dich verlassen?"

"Ja, sie verschwand eines Nachts. Ich weiß nicht, wohin sie ging, aber ich bin sicher, wenn ich sie wieder sehen würde, würde mich das umbringen. Der Rest meiner Geschichte ist uninteressant; schmutziges Elend, das ist alles."

You may think, Villiers, that I have exaggerated and talked for effect; but I have not told you half. I could tell you certain things which would convince you, but you would never know a happy day again. You would pass the rest of your life, as I pass mine, a haunted man, a man who has seen hell."

Villiers took the unfortunate man to his rooms, and gave him a meal. Herbert could eat little, and scarcely touched the glass of wine set before him. He sat moody and silent by the fire, and seemed relieved when Villiers sent him away with a small present of money.

"By the way, Herbert," said Villiers, as they parted at the door, "what was your wife's name? You said Helen, I think? Helen what?"

"The name she passed under when I met her was Helen Vaughan, but what her real name was I can't say. I don't think she had a name. No, no, not in that sense. Only human beings have names, Villiers; I can't say anymore. Good-bye; yes, I will not fail to call if I see any way in which you can help me. Good-night."

The man went out into the bitter night, and Villiers returned to his fireside. There was something about Herbert which shocked him inexpressibly; not his poor rags nor the marks which poverty had set upon his face, but rather an indefinite terror which hung about him like a mist. He had acknowledged that he himself was not devoid of blame; the woman, he had avowed, had corrupted him body and soul, and Villiers felt that this man, once his friend, had been an actor in scenes evil beyond the power of words. His story needed no confirmation: he himself was the embodied proof of it. Villiers mused curiously over the story he had heard, and wondered whether he had heard both the first and the last of it. "No," he thought, "certainly not the last, probably only the beginning. A case like this is like a nest of Chinese boxes; you open one after the other and find a quainter workmanship in every box. Most likely poor Herbert is merely one of the outside boxes; there are stranger ones to follow."

Villiers could not take his mind away from Herbert and his story, which seemed to grow wilder as the night wore on. The fire seemed to burn low, and the chilly air of the morning crept into the room; Villiers got up with a glance over his shoulder, and, shivering slightly, went to bed.

44

Du denkst vielleicht, Villiers, dass ich übertrieben habe und nur um der Wirkung willen geredet habe; aber ich habe dir nicht die Hälfte gesagt. Ich könnte dir bestimmte Dinge sagen, die dich überzeugen würden, aber du würdest nie wieder einen glücklichen Tag erleben. Du würdest den Rest deines Lebens verbringen, so wie ich meins verbringe, als ein heimgesuchter Mensch, als ein Mensch, der die Hölle gesehen hat".

Villiers brachte den unglücklichen Mann auf sein Zimmer und gab ihm eine Mahlzeit. Herbert konnte wenig essen und rührte kaum das vor ihm stehende Glas Wein an. Er saß mürrisch und still am Feuer und schien erleichtert, als Villiers ihn mit einem kleinen Geldgeschenk wegschickte.

"Übrigens, Herbert", sagte Villiers, als sie sich an der Tür trennten, "wie hieß denn deine Frau? Sie sagten Helen, glaube ich? Helen was?"

"Der Name, unter dem sie damals bekannt war, war Helen Vaughan, aber wie sie wirklich hieß, kann ich nicht sagen. Ich glaube nicht, dass sie einen richtigen Namen hatte. Nein, nein, nicht in diesem Sinne. Nur Menschen haben Namen, Villiers; mehr kann ich nicht sagen. Auf Wiedersehen; ja, ich werde es nicht versäumen, dich anzurufen, wenn ich eine Möglichkeit sehe, wie du mir helfen kannst. Gute Nacht."

Der Mann ging hinaus in die bittere Nacht, und Villiers kehrte an seinen Kamin zurück. Irgendetwas an Herbert schockierte ihn unsagbar; nicht seine armen Lumpen oder die Spuren, die die Armut auf seinem Gesicht hinterlassen hatte, sondern ein unbestimmter Schrecken, der wie ein Nebel über ihm hing. Er hatte eingeräumt, dass er selbst nicht schuldlos war; die Frau, so hatte er erklärt, hatte ihn an Leib und Seele verdorben, und Villiers fühlte, dass dieser Mann, der einst sein Freund war, ein Akteur in Szenen des Bösen jenseits der Macht der Worte gewesen war. Seine Geschichte brauchte keine Bestätigung: er selbst war der verkörperte Beweis dafür. Villiers sinnierte neugierig über die Geschichte, die er gehört hatte, und fragte sich, ob er sowohl die erste als auch die letzte davon gehört hatte. "Nein", dachte er, "sicherlich nicht die letzte, wahrscheinlich nur den Anfang. Eine solche Box ist wie ein Nest aus chinesischen Schachteln; man öffnet eine nach der anderen und findet in jeder Box eine seltsamere Verarbeitung. Wahrscheinlich ist der arme Herbert nur eine der äußeren Schachteln; es gibt merkwürdigere, denen man folgen muss".

Villiers konnte seinen Geist nicht von Herbert und seiner Geschichte ablenken, die im Laufe der Nacht immer wilder zu werden schien. Das Feuer schien tief zu brennen, und die kalte Luft des Morgens kroch in den Raum; Villiers erhob sich mit einem Blick über die Schulter und ging, leicht zitternd, zu Bett.

A few days later he saw at his club a gentleman of his acquaintance, named Austin, who was famous for his intimate knowledge of London life, both in its tenebrous and luminous phases. Villiers, still full of his encounter in Soho and its consequences, thought Austin might possibly be able to shed some light on Herbert's history, and so after some casual talk he suddenly put the question:

"Do you happen to know anything of a man named Herbert—Charles Herbert?"

Austin turned round sharply and stared at Villiers with some astonishment.

"Charles Herbert? Weren't you in town three years ago? No; then you have not heard of the Paul Street case? It caused a good deal of sensation at the time."

"What was the case?"

"Well, a gentleman, a man of very good position, was found dead, stark dead, in the area of a certain house in Paul Street, off Tottenham Court Road. Of course the police did not make the discovery; if you happen to be sitting up all night and have a light in your window, the constable will ring the bell, but if you happen to be lying dead in somebody's area, you will be left alone. In this instance, as in many others, the alarm was raised by some kind of vagabond; I don't mean a common tramp, or a public-house loafer, but a gentleman, whose business or pleasure, or both, made him a spectator of the London streets at five o'clock in the morning. This individual was, as he said, 'going home,' it did not appear whence or whither, and had occasion to pass through Paul Street between four and five a.m. Something or other caught his eye at Number 20; he said, absurdly enough, that the house had the most unpleasant physiognomy he had ever observed, but, at any rate, he glanced down the area and was a good deal astonished to see a man lying on the stones, his limbs all huddled together, and his face turned up. Our gentleman thought his face looked peculiarly ghastly, and so set off at a run in search of the nearest policeman.

Einige Tage später sah er in seinem Club einen Bekannten namens Austin, der für seine intimen Kenntnisse des Londoner Lebens, sowohl in seiner dunklen als auch in seiner glänzenden Phase, bekannt war. Villiers, der immer noch von seiner Begegnung in Soho und deren Folgen ergriffen war, dachte, dass Austin möglicherweise etwas Licht in die Geschichte Herberts bringen könnte, und so stellte er nach einem beiläufigen Gespräch plötzlich die Frage:

"Kennen Sie zufällig einen Mann namens Herbert-Charles Herbert?"

Austin drehte sich scharf um und starrte Villiers mit einiger Verwunderung an.

"Charles Herbert? Waren Sie nicht vor drei Jahren in der Stadt? Nein; dann haben Sie nicht von dem Fall Paul Street gehört? Er hat damals viel Aufsehen erregt."

"Was war das für ein Fall?"

"Nun, ein Gentleman, ein Mann mit einer sehr guten Stellung, wurde in der Nähe eines bestimmten Hauses in der Paul Street, in der Nähe der Tottenham Court Road, tot aufgefunden, und zwar mausetot. Natürlich hat die Polizei den Vorfall nicht bemerkt; wenn Sie die ganze Nacht aufbleiben und ein Licht im Fenster haben, wird der Polizeibeamte die Alarmglocke läuten, aber wenn Sie zufällig tot in der Nähe von jemand anderem liegen, sind Sie auf sich allein gestellt. In diesem Fall, wie in vielen anderen, wurde der Alarm von einer Art Penner ausgelöst; ich meine nicht einen gewöhnlichen Landstreicher oder einen Faulenzer in der Kneipe, sondern einen Herrn, dessen Beruf oder Vergnügen, oder beides, ihn um fünf Uhr morgens zum Zuschauer auf den Londoner Straßen machte. Dieser Mensch war, wie er sagte, "auf dem Weg nach Hause", von wo oder wohin auch immer, und hatte die Angewohnheit, zwischen vier und fünf Uhr morgens durch die Paul Street zu gehen. Irgendetwas fiel ihm bei der Nummer 20 auf; er sagte, absurderweise, dass das Haus die unangenehmste Gestalt hatte, die er je gesehen hatte, aber auf jeden Fall schaute er sich die Gegend an und war sehr erstaunt, einen Mann auf den Steinen liegen zu sehen, seine Glieder zusammengekauert und sein Gesicht nach oben gerichtet. Unser Herr fand, dass sein Gesicht seltsam grässlich aussah, und machte sich auf die Suche nach dem nächsten Polizisten.

The constable was at first inclined to treat the matter lightly, suspecting common drunkenness; however, he came, and after looking at the man's face, changed his tone, quickly enough. The early bird, who had picked up this fine worm, was sent off for a doctor, and the policeman rang and knocked at the door till a slatternly servant girl came down looking more than half asleep. The constable pointed out the contents of the area to the maid, who screamed loudly enough to wake up the street, but she knew nothing of the man; had never seen him at the house, and so forth. Meanwhile, the original discoverer had come back with a medical man, and the next thing was to get into the area. The gate was open, so the whole quartet stumped down the steps. The doctor hardly needed a moment's examination; he said the poor fellow had been dead for several hours, and it was then the case began to get interesting. The dead man had not been robbed, and in one of his pockets were papers identifying him as—well, as a man of good family and means, a favourite in society, and nobody's enemy, as far as could be known. I don't give his name, Villiers, because it has nothing to do with the story, and because it's no good raking up these affairs about the dead when there are no relations living. The next curious point was that the medical men couldn't agree as to how he met his death. There were some slight bruises on his shoulders, but they were so slight that it looked as if he had been pushed roughly out of the kitchen door, and not thrown over the railings from the street or even dragged down the steps. But there were positively no other marks of violence about him, certainly none that would account for his death; and when they came to the autopsy there wasn't a trace of poison of any kind. Of course the police wanted to know all about the people at Number 20, and here again, so I have heard from private sources, one or two other very curious points came out. It appears that the occupants of the house were a Mr. and Mrs. Charles Herbert; he was said to be a landed proprietor, though it struck most people that Paul Street was not exactly the place to look for country gentry. As for Mrs. Herbert, nobody seemed to know who or what she was, and, between ourselves, I fancy the divers after her history found themselves in rather strange waters.

Der Wachtmeister neigte zunächst dazu, die Angelegenheit auf die leichte Schulter zu nehmen, da er gewöhnliche Trunkenheit vermutete; er kam jedoch, und nachdem er das Gesicht des Mannes gesehen hatte, änderte er schnell genug seinen Ton. Der frühe Vogel, der diesen feinen Wurm aufgesammelt hatte, wurde zum Arzt geschickt, und der Polizist klingelte und klopfte an die Tür, bis ein schlampiges Dienstmädchen herunterkam, das mehr als nur halb schlief. Der Wachtmeister wies das Dienstmädchen auf den Inhalt des Grundstücks hin, und sie schrie laut genug, um die Straße aufzuwecken, aber sie wusste nichts von dem Mann; hatte ihn nie im Haus gesehen und so weiter. In der Zwischenzeit war der ursprüngliche Entdecker mit einem Mediziner zurückgekommen, und als Nächstes ging es darum, in das Grundstück zu gelangen. Das Tor war offen, und das ganze Quartett stolperte die Treppe hinunter. Der Arzt brauchte kaum einen Moment zur Untersuchung; er sagte, der arme Kerl sei seit mehreren Stunden tot, und dann begann der Fall interessant zu werden. Der Tote war nicht beraubt worden, und in einer seiner Taschen befanden sich Papiere, die ihn - nun ja, als einen Mann mit guter Familie und guten Mitteln, als einen angesehenen Mann in der Gesellschaft und, soweit bekannt, als niemandes Feind identifizierten. Ich gebe seinen Namen nicht an, Villiers, weil er nichts mit der Geschichte zu tun hat und weil es nicht gut ist, diese Affären um den Toten aufzuwühlen, wenn es keine lebenden Verwandten gibt. Der nächste merkwürdige Punkt war, dass sich die Mediziner nicht darüber einigen konnten, wie er seinen Tod fand. Er hatte einige leichte Prellungen auf den Schultern, aber sie waren so leicht, dass es so aussah, als wäre er grob aus der Küchentür gestoßen worden und nicht von der Straße über das Geländer gestoßen oder gar die Stufen hinuntergeschleift worden. Aber es gab definitiv keine anderen Spuren von Gewalt an ihm, sicherlich keine, die seinen Tod erklären würden; und als man zur Autopsie kam, gab es keinerlei Spuren von Gift irgendeiner Art. Natürlich wollte die Polizei alles über die Leute in Nummer 20 wissen, und auch hier, so hörte ich aus privaten Quellen, kamen ein oder zwei weitere sehr merkwürdige Punkte zum Vorschein. Es scheint, dass die Bewohner des Hauses ein Herr und Frau Charles Herbert waren; er soll ein Gutsbesitzer gewesen sein, obwohl es den meisten Leuten auffiel, dass die Paul Street nicht gerade der richtige Ort war, um nach Landadel zu suchen. Was Mrs. Herbert betrifft, so schien niemand zu wissen, wer oder was sie war, und unter uns gesagt, ich glaube, die Leute, die sich aufgrund ihrer Vorgeschichte in ziemlich merkwürdigen Gegenden wiederfanden, haben sich wohl in den Gewässern, in denen sie lebten, verirrt.

Of course they both denied knowing anything about the deceased, and in default of any evidence against them they were discharged. But some very odd things came out about them. Though it was between five and six in the morning when the dead man was removed, a large crowd had collected, and several of the neighbours ran to see what was going on. They were pretty free with their comments, by all accounts, and from these it appeared that Number 20 was in very bad odour in Paul Street. The detectives tried to trace down these rumours to some solid foundation of fact, but could not get hold of anything. People shook their heads and raised their eyebrows and thought the Herberts rather 'queer,' 'would rather not be seen going into their house,' and so on, but there was nothing tangible. The authorities were morally certain the man met his death in some way or another in the house and was thrown out by the kitchen door, but they couldn't prove it, and the absence of any indications of violence or poisoning left them helpless. An odd case, wasn't it? But curiously enough, there's something more that I haven't told you. I happened to know one of the doctors who was consulted as to the cause of death, and some time after the inquest I met him, and asked him about it. 'Do you really mean to tell me,' I said, 'that you were baffled by the case, that you actually don't know what the man died of?' 'Pardon me,' he replied, 'I know perfectly well what caused death. Blank died of fright, of sheer, awful terror; I never saw features so hideously contorted in the entire course of my practice, and I have seen the faces of a whole host of dead.' The doctor was usually a cool customer enough, and a certain vehemence in his manner struck me, but I couldn't get anything more out of him. I suppose the Treasury didn't see their way to prosecuting the Herberts for frightening a man to death; at any rate, nothing was done, and the case dropped out of men's minds. Do you happen to know anything of Herbert?"

"Well," replied Villiers, "he was an old college friend of mine."

"You don't say so? Have you ever seen his wife?"

"No, I haven't. I have lost sight of Herbert for many years."

Natürlich bestritten beide, etwas über den Verstorbenen zu wissen, und in Ermangelung von Beweisen gegen sie wurden sie entlassen. Aber es kamen einige sehr merkwürdige Dinge über sie heraus. Obwohl es zwischen fünf und sechs Uhr morgens war, als der Tote weggebracht wurde, hatte sich eine große Menschenmenge versammelt, und mehrere Nachbarn kamen herbeigelaufen, um zu sehen, was los war. Nach allem, was man hört, waren sie ziemlich offen mit ihren Kommentaren, und daraus ging hervor, dass die Nummer 20 in der Paul Street in sehr schlechtem Ruf stand. Die Ermittler versuchten, diese Gerüchte auf eine solide Grundlage von Tatsachen zu stellen, konnten aber nichts in Erfahrung bringen. Die Leute schüttelten den Kopf und hoben die Augenbrauen und dachten, die Herberts wären eher " merkwürdig", "würden lieber nicht gesehen werden, wenn sie in ihr Haus gehen" und so weiter, aber es gab nichts Greifbares. Die Behörden waren sich zwar sicher, dass der Mann auf die eine oder andere Weise im Haus den Tod fand und durch die Küchentür hinausgeworfen wurde, aber sie konnten es nicht beweisen, und das Fehlen jeglicher Anzeichen von Gewalt oder Vergiftung ließ sie ratlos zurück. Ein seltsamer Fall, nicht wahr? Aber merkwürdigerweise gibt es noch etwas, das ich Ihnen nicht erzählt habe. Ich kannte zufällig einen der Ärzte, der bezüglich der Todesursache konsultiert wurde, und einige Zeit nach der Untersuchung traf ich ihn und fragte ihn danach. "Wollen Sie mir wirklich sagen", sagte ich, "dass Sie wegen des Falles ratlos waren, dass Sie eigentlich nicht wissen, woran der Mann gestorben ist?" "Verzeihung", antwortete er, "ich weiß genau, was die Todesursache war. Blank starb vor Schreck, vor schierer, schrecklicher Angst; ich habe während meiner gesamten Praxis noch nie so schrecklich verdrehte Gesichtszüge gesehen, und ich habe die Gesichter einer ganzen Reihe von Toten gesehen". Der Arzt war normalerweise ein cooler Typ, und eine gewisse Heftigkeit in seiner Art und Weise traf mich, aber mehr konnte ich nicht aus ihm herausholen. Ich nehme an, der Fiskus sah keine Möglichkeit, die Herberts zu verfolgen, weil sie einen Mann zu Tode erschreckt hatten; jedenfalls wurde nichts unternommen, und der Fall geriet in Vergessenheit. Wissen Sie zufällig etwas über Herbert?"

"Nun", antwortete Villiers, "er war ein alter College-Freund von mir."

"Was Sie nicht sagen. Haben Sie seine Frau jemals gesehen?"

"Nein, habe ich nicht. Ich habe Herbert seit vielen Jahren aus den Augen verloren."

"It's queer, isn't it, parting with a man at the college gate or at Paddington, seeing nothing of him for years, and then finding him pop up his head in such an odd place. But I should like to have seen Mrs. Herbert; people said extraordinary things about her."

"What sort of things?"

"Well, I hardly know how to tell you. Everyone who saw her at the police court said she was at once the most beautiful woman and the most repulsive they had ever set eyes on. I have spoken to a man who saw her, and I assure you he positively shuddered as he tried to describe the woman, but he couldn't tell why. She seems to have been a sort of enigma; and I expect if that one dead man could have told tales, he would have told some uncommonly queer ones. And there you are again in another puzzle; what could a respectable country gentleman like Mr. Blank (we'll call him that if you don't mind) want in such a very queer house as Number 20? It's altogether a very odd case, isn't it?"

"It is indeed, Austin; an extraordinary case. I didn't think, when I asked you about my old friend, I should strike on such strange metal. Well, I must be off; good-day."

Villiers went away, thinking of his own conceit of the Chinese boxes; here was quaint workmanship indeed.

"Es ist schon seltsam, sich von einem Mann am College-Tor oder in Paddington zu trennen, jahrelang nichts von ihm zu sehen und ihn dann an einem so seltsamen Ort mit gesenktem Kopf wiederzufinden. Aber ich hätte Frau Herbert gerne gesehen; die Leute haben außergewöhnliche Dinge über sie gesagt."

"Was für Dinge?"

"Nun, ich weiß kaum, wie ich es Ihnen sagen soll. Jeder, der sie im Kommissariat sah, sagte, sie sei die schönste Frau und die abstoßendste, die sie je gesehen hätten. Ich habe mit einem Mann gesprochen, der sie gesehen hat, und ich versichere Ihnen, dass er positiv erschauderte, als er versuchte, die Frau zu beschreiben, aber er konnte nicht sagen, warum. Sie scheint eine Art Rätsel gewesen zu sein; und ich nehme an, wenn dieser eine Tote Geschichten hätte erzählen können, hätte er einige außergewöhnlich merkwürdige erzählt. Und da sind Sie wieder bei einem weiteren Rätsel; was könnte ein respektabler Landbesitzer wie Mr. Blank (wir nennen ihn so, wenn es Ihnen nichts ausmacht) in einem so seltsamen Haus wie Nummer 20 wollen? Es ist insgesamt ein sehr seltsamer Fall, nicht wahr?"

"Das ist es in der Tat, Austin; ein außergewöhnlicher Fall. Als ich Sie nach meinem alten Freund fragte, dachte ich nicht, dass ich auf so seltsames Material stoßen sollte. Nun, ich muss jetzt gehen. Guten Tag."

Villiers ging weg und dachte an seine eigene Vorstellung von den chinesischen Schachteln; das war in der Tat eine wunderliche Angelegenheit.

IV. THE DISCOVERY IN PAUL STREET

A few months after Villiers' meeting with Herbert, Mr. Clarke was sitting, as usual, by his after-dinner hearth, resolutely guarding his fancies from wandering in the direction of the bureau. For more than a week he had succeeded in keeping away from the "Memoirs," and he cherished hopes of a complete self-reformation; but, in spite of his endeavours, he could not hush the wonder and the strange curiosity that the last case he had written down had excited within him. He had put the case, or rather the outline of it, conjecturally to a scientific friend, who shook his head, and thought Clarke getting queer, and on this particular evening Clarke was making an effort to rationalize the story, when a sudden knock at the door roused him from his meditations.

"Mr. Villiers to see you sir."

"Dear me, Villiers, it is very kind of you to look me up; I have not seen you for many months; I should think nearly a year. Come in, come in. And how are you, Villiers? Want any advice about investments?"

"No, thanks, I fancy everything I have in that way is pretty safe. No, Clarke, I have really come to consult you about a rather curious matter that has been brought under my notice of late. I am afraid you will think it all rather absurd when I tell my tale. I sometimes think so myself, and that's just what I made up my mind to come to you, as I know you're a practical man."

Mr. Villiers was ignorant of the "Memoirs to prove the Existence of the Devil."

"Well, Villiers, I shall be happy to give you my advice, to the best of my ability. What is the nature of the case?"

"It's an extraordinary thing altogether. You know my ways; I always keep my eyes open in the streets, and in my time I have chanced upon some queer customers, and queer cases too, but this, I think, beats all.

IV. Die Entdeckung in der Paul Street

Einige Monate nach Villiers' Treffen mit Herbert saß Mr. Clarke wie üblich an seinem Herd nach dem Abendessen und bewahrte seine Fantasien davor, in Richtung Schreibtisch zu wandern. Mehr als eine Woche lang hatte er es geschafft, sich von den "Memoiren" fernzuhalten, und er hegte die Hoffnung auf eine vollständige Regeneration; aber trotz seiner Bemühungen konnte er das Verwundern und die seltsame Neugier, die der letzte von ihm niedergeschriebene Fall in ihm auslöste, nicht vertuschen. Er hatte den Fall, oder besser gesagt, die Umrisse des Falles, mutmaßlich einem wissenschaftlichen Freund vorgelegt, der den Kopf schüttelte und dachte, dass Clarke komisch geworden sei, und an diesem besonderen Abend bemühte sich Clarke, die Geschichte zu rationalisieren, als ihn ein plötzliches Klopfen an der Tür aus seinen Betrachtungen riss.

"Mr. Villiers möchte Sie sprechen, Sir."

"Sehr geehrter Herr Villiers, es ist sehr nett von Ihnen, dass Sie mich besuchen; ich habe Sie seit vielen Monaten nicht mehr gesehen; ich würde sagen, fast ein Jahr. Kommen Sie rein, kommen Sie rein. Und wie geht es Ihnen, Villiers? Wollen Sie einen Rat zum Thema Investitionen?"

"Nein, danke, ich glaube, dass alles, was ich habe, auf diesem Gebiet ziemlich abgesichert ist. Nein, Clarke, ich bin wirklich gekommen, um Sie in einer recht merkwürdigen Angelegenheit zu konsultieren, die mir in letzter Zeit zur Kenntnis gebracht wurde. Ich fürchte, Sie werden das alles ziemlich absurd finden, wenn ich meine Geschichte erzähle. Das denke ich manchmal auch, und genau deshalb habe ich mich entschlossen, zu Ihnen zu kommen, da ich weiß, dass Sie ein praktischer Mensch sind.

Mr. Villiers wusste nichts von den "Memoiren zum Beweis der Existenz des Teufels".

"Nun, Villiers, ich gebe Ihnen gerne meinen Rat, so gut ich kann. Was ist die Natur des Falles?"

"Es ist eine ganz außergewöhnliche Sache. Sie kennen meine Gewohnheiten; ich halte auf der Straße immer die Augen offen, und in meiner Zeit bin ich schon auf einige seltsame Leute gestoßen, und auch auf seltsame Fälle, aber das übertrifft alles, denke ich.

I was coming out of a restaurant one nasty winter night about three months ago; I had had a capital dinner and a good bottle of Chianti, and I stood for a moment on the pavement, thinking what a mystery there is about London streets and the companies that pass along them. A bottle of red wine encourages these fancies, Clarke, and I dare say I should have thought a page of small type, but I was cut short by a beggar who had come behind me, and was making the usual appeals. Of course I looked round, and this beggar turned out to be what was left of an old friend of mine, a man named Herbert. I asked him how he had come to such a wretched pass, and he told me. We walked up and down one of those long and dark Soho streets, and there I listened to his story. He said he had married a beautiful girl, some years younger than himself, and, as he put it, she had corrupted him body and soul. He wouldn't go into details; he said he dare not, that what he had seen and heard haunted him by night and day, and when I looked in his face I knew he was speaking the truth. There was something about the man that made me shiver. I don't know why, but it was there. I gave him a little money and sent him away, and I assure you that when he was gone I gasped for breath. His presence seemed to chill one's blood."

"Isn't this all just a little fanciful, Villiers? I suppose the poor fellow had made an imprudent marriage, and, in plain English, gone to the bad."

"Well, listen to this." Villiers told Clarke the story he had heard from Austin.

"You see," he concluded, "there can be but little doubt that this Mr. Blank, whoever he was, died of sheer terror; he saw something so awful, so terrible, that it cut short his life. And what he saw, he most certainly saw in that house, which, somehow or other, had got a bad name in the neighbourhood. I had the curiosity to go and look at the place for myself. It's a saddening kind of street; the houses are old enough to be mean and dreary, but not old enough to be quaint. As far as I could see most of them are let in lodgings, furnished and unfurnished, and almost every door has three bells to it.

Vor etwa drei Monaten kam ich an einem hässlichen Winterabend aus einem Restaurant; ich hatte ein großartiges Abendessen und eine gute Flasche Chianti getrunken, und ich stand einen Moment lang auf dem Bürgersteig und dachte darüber nach, welch ein Rätsel die Londoner Straßen und die Menschen, die dort vorbeikommen, sind. Eine Flasche Rotwein ermutigt diese Phantasien, Clarke, und ich wage zu behaupten, ich hätte mir eine leichte Variante wünschen sollen, aber ich wurde von einem Bettler, der hinter mir gekommen war, unterbrochen und er machte die typischen Sprüche. Natürlich sah ich mich um, und dieser Bettler stellte sich als das heraus, was von einem alten Freund übrig geblieben war, einem Mann namens Herbert. Ich fragte ihn, wie er zu einem so elenden Schicksal gekommen war, und er erzählte es mir. Wir gingen eine dieser langen und dunklen Straßen in Soho auf und ab, und dort hörte ich mir seine Geschichte an. Er sagte, er habe ein wunderschönes Mädchen geheiratet, das einige Jahre jünger als er selbst war, und, wie er es ausdrückte, habe sie ihn mit Leib und Seele verdorben. Er wollte nicht ins Detail gehen; er sagte, er traue sich nicht, dass das, was er gesehen und gehört habe, ihn Tag und Nacht heimgesucht habe, und als ich in sein Gesicht sah, wusste ich, dass er die Wahrheit sprach. Der Mann hatte etwas an sich, das mich erschauern ließ. Ich weiß nicht, warum, aber es war da. Ich gab ihm ein wenig Geld und schickte ihn weg, und ich versichere Ihnen, dass ich, als er weg war, nach Luft schnappte. Seine Anwesenheit schien das Blut zu gefrieren."

"Ist das nicht alles ein wenig fantasievoll, Villiers? Ich nehme an, der arme Kerl hatte eine unüberlegte Ehe geschlossen und war, im Klartext, ins Unglück gestürzt."

"Nun, hören Sie sich das an." Villiers erzählte Clarke die Geschichte, die er aus Austin gehört hatte.

"Sehen Sie", schloss er, "es kann nur wenig Zweifel daran geben, dass dieser Mr. Blank, wer auch immer er war, vor schierer Angst starb; er sah etwas so Schreckliches, so schrecklich, dass es sein Leben beendete. Und was er sah, sah er ganz sicher in diesem Haus, das in der Nachbarschaft auf die eine oder andere Weise einen schlechten Ruf bekommen hatte. Ich verspürte die Neugierde, mir das Haus selbst anzusehen. Es ist eine triste Straße; die Häuser sind alt genug, um schäbig und trostlos zu sein, aber nicht alt genug, um malerisch zu sein. Soweit ich sehen konnte, sind die meisten von ihnen möbliert oder unmöbliert vermietet, und fast jede Tür hat drei Glocken.

Here and there the ground floors have been made into shops of the commonest kind; it's a dismal street in every way. I found Number 20 was to let, and I went to the agent's and got the key. Of course I should have heard nothing of the Herberts in that quarter, but I asked the man, fair and square, how long they had left the house and whether there had been other tenants in the meanwhile. He looked at me queerly for a minute, and told me the Herberts had left immediately after the unpleasantness, as he called it, and since then the house had been empty."

Mr. Villiers paused for a moment.

"I have always been rather fond of going over empty houses; there's a sort of fascination about the desolate empty rooms, with the nails sticking in the walls, and the dust thick upon the window-sills. But I didn't enjoy going over Number 20, Paul Street. I had hardly put my foot inside the passage when I noticed a queer, heavy feeling about the air of the house. Of course all empty houses are stuffy, and so forth, but this was something quite different; I can't describe it to you, but it seemed to stop the breath. I went into the front room and the back room, and the kitchens downstairs; they were all dirty and dusty enough, as you would expect, but there was something strange about them all. I couldn't define it to you, I only know I felt queer. It was one of the rooms on the first floor, though, that was the worst. It was a largish room, and once on a time the paper must have been cheerful enough, but when I saw it, paint, paper, and everything were most doleful. But the room was full of horror; I felt my teeth grinding as I put my hand on the door, and when I went in, I thought I should have fallen fainting to the floor. However, I pulled myself together, and stood against the end wall, wondering what on earth there could be about the room to make my limbs tremble, and my heart beat as if I were at the hour of death. In one corner there was a pile of newspapers littered on the floor, and I began looking at them; they were papers of three or four years ago, some of them half torn, and some crumpled as if they had been used for packing. I turned the whole pile over, and amongst them I found a curious drawing; I will show it to you presently. But I couldn't stay in the room; I felt it was overpowering me.

Hier und da sind die Erdgeschosse zu Läden der gewöhnlichsten Art gemacht worden; es ist eine in jeder Hinsicht trostlose Straße. Ich fand Nummer 20, die zu vermieten war, und ging zum Agenten und holte den Schlüssel. Natürlich hätte ich nichts von den Herberts in diesem Viertel mitbekommen sollen, aber ich fragte den Mann, der fair und anständig war, wie lange sie das Haus schon verlassen hatten und ob es in der Zwischenzeit andere Mieter gegeben hatte. Er schaute mich eine Minute lang seltsam an und sagte mir, dass die Herberts sofort nach der Unannehmlichkeit, wie er es nannte, das Haus verlassen hätten und dass es seitdem leer stehe.

Herr Villiers hielt einen Moment inne.

"Ich bin schon immer gerne durch leere Häuser gegangen; es gibt eine Art Faszination angesichts der trostlosen leeren Räume, mit den Nägeln, die in den Wänden stecken, und dem dicken Staub auf den Fensterbänken. Aber es hat mir keinen Spaß gemacht, die Nummer 20, Paul Street, zu besichtigen. Ich hatte kaum meinen Fuß in den Gang gesetzt, als ich ein seltsames, schweres Gefühl in der Atmosphäre des Hauses bemerkte. Natürlich sind alle leeren Häuser stickig und so weiter, aber das war etwas ganz anderes; ich kann es Ihnen nicht beschreiben, aber es schien den Atem stillstehen zu lassen. Ich ging in das Vorder- und das Hinterzimmer und die unteren Küchen; sie waren alle dreckig und staubig genug, wie man erwarten würde, aber etwas war an ihnen allen merkwürdig. Ich konnte es nicht definieren, ich weiß nur, dass ich mich seltsam fühlte. Aber es war einer der Räume im ersten Stock, der am schlimmsten war. Es war ein großer Raum, und einmal muss die Tapete heiter gewesen sein, aber als ich sie sah, waren Farbe, Papier und alles sehr bedrückend. Aber der Raum war voller Schrecken; ich spürte, wie meine Zähne knirschten, als ich meine Hand an die Tür legte, und als ich hineinkam, dachte ich, ich müsste ohnmächtig zu Boden fallen. Aber ich riss mich zusammen und stellte mich an die Stirnwand und fragte mich, was in aller Welt an dem Raum sein könnte, um meine Glieder zittern zu lassen, und mein Herz schlug, als wäre ich kurz vor der Todesstunde. In einer Ecke lag ein Stapel Zeitungen auf dem Boden, und ich begann, sie anzusehen; es waren Zeitungen von vor drei oder vier Jahren, einige davon halb zerrissen, andere zerknittert, als wären sie zum Einpacken benutzt worden. Ich drehte den ganzen Stapel um, und unter ihnen fand ich eine sonderbare Skizze; ich werde sie Ihnen gleich zeigen. Aber ich konnte nicht im Raum bleiben; ich hatte das Gefühl, dass es mich erdrückte.

I was thankful to come out, safe and sound, into the open air. People stared at me as I walked along the street, and one man said I was drunk. I was staggering about from one side of the pavement to the other, and it was as much as I could do to take the key back to the agent and get home. I was in bed for a week, suffering from what my doctor called nervous shock and exhaustion. One of those days I was reading the evening paper, and happened to notice a paragraph headed: 'Starved to Death.' It was the usual style of thing; a model lodging-house in Marylebone, a door locked for several days, and a dead man in his chair when they broke in. 'The deceased,' said the paragraph, 'was known as Charles Herbert, and is believed to have been once a prosperous country gentleman. His name was familiar to the public three years ago in connection with the mysterious death in Paul Street, Tottenham Court Road, the deceased being the tenant of the house Number 20, in the area of which a gentleman of good position was found dead under circumstances not devoid of suspicion.' A tragic ending, wasn't it? But after all, if what he told me were true, which I am sure it was, the man's life was all a tragedy, and a tragedy of a stranger sort than they put on the boards."

"And that is the story, is it?" said Clarke musingly.

"Yes, that is the story."

"Well, really, Villiers, I scarcely know what to say about it. There are, no doubt, circumstances in the case which seem peculiar, the finding of the dead man in the area of Herbert's house, for instance, and the extraordinary opinion of the physician as to the cause of death; but, after all, it is conceivable that the facts may be explained in a straightforward manner. As to your own sensations, when you went to see the house, I would suggest that they were due to a vivid imagination; you must have been brooding, in a semi-conscious way, over what you had heard. I don't exactly see what more can be said or done in the matter; you evidently think there is a mystery of some kind, but Herbert is dead; where then do you propose to look?"

"I propose to look for the woman; the woman whom he married. She is the mystery."

Ich war dankbar, dass ich sicher und gesund ins Freie gekommen bin. Die Leute starrten mich an, als ich die Straße entlangging, und ein Mann sagte, ich sei betrunken. Ich taumelte von einer Seite des Bürgersteigs zur anderen, und ich konnte nur den Schlüssel zum Agenten zurückbringen und nach Hause gehen. Ich lag eine Woche lang im Bett und litt unter dem, was mein Arzt als nervösen Schock und Erschöpfung bezeichnete. Eines Tages las ich gerade die Abendzeitung und bemerkte zufällig einen Absatz mit der Überschrift: "verhungert". Es war der übliche Stil; eine vorbildliche Pension in Marylebone, eine tagelang verschlossene Tür und ein toter Mann auf seinem Stuhl, als sie einbrachen. Der Verstorbene", so der Absatz, "war als Charles Herbert bekannt und soll einst ein wohlhabender Gentleman vom Lande gewesen sein. Sein Name war der Öffentlichkeit vor drei Jahren im Zusammenhang mit dem mysteriösen Tod in der Paul Street, Tottenham Court Road, bekannt, wobei der Verstorbene der Mieter des Hauses Nr. 20 war, in dessen Nähe ein Gentleman von guter Reputation unter nicht ganz unverdächtigen Umständen tot aufgefunden wurde. Ein tragisches Ende, nicht wahr? Aber wenn das, was er mir gesagt hat, wahr ist, was ich glaube, dann war das Leben des Mannes eine Tragödie, und zwar eine seltsamere, als sie behauptet haben.

"Und das ist die Geschichte, oder?", sagte Clarke nachdenklich.

"Ja, das ist die Geschichte."

"Nun, wirklich, Villiers, ich weiß kaum, was ich dazu sagen soll. Zweifellos gibt es in diesem Fall Umstände, die merkwürdig erscheinen, zum Beispiel der Fund des Toten in der Nähe von Herberts Haus und die ungewöhnliche Meinung des Arztes über die Todesursache; aber es ist doch denkbar, dass die Fakten auf einfache Weise erklärt werden können. Was Ihre eigenen Empfindungen betrifft, so würde ich vermuten, dass sie auf eine lebhafte Fantasie zurückzuführen sind, als Sie das Haus besichtigt haben; Sie müssen über das Gehörte halbbewusst gegrübelt haben. Ich weiß nicht genau, was man in dieser Angelegenheit noch sagen oder tun kann; Sie glauben offenbar, dass es ein Geheimnis gibt, aber Herbert ist tot; wo wollen Sie dann noch suchen?

"Ich schlage vor, nach der Frau zu suchen; die Frau, die er geheiratet hat. Sie ist das Rätsel."

The two men sat silent by the fireside; Clarke secretly congratulating himself on having successfully kept up the character of advocate of the commonplace, and Villiers wrapped in his gloomy fancies.

"I think I will have a cigarette," he said at last, and put his hand in his pocket to feel for the cigarette-case.

"Ah!" he said, starting slightly, "I forgot I had something to show you. You remember my saying that I had found a rather curious sketch amongst the pile of old newspapers at the house in Paul Street? Here it is."

Villiers drew out a small thin parcel from his pocket. It was covered with brown paper, and secured with string, and the knots were troublesome. In spite of himself Clarke felt inquisitive; he bent forward on his chair as Villiers painfully undid the string, and unfolded the outer covering. Inside was a second wrapping of tissue, and Villiers took it off and handed the small piece of paper to Clarke without a word.

There was dead silence in the room for five minutes or more; the two men sat so still that they could hear the ticking of the tall old-fashioned clock that stood outside in the hall, and in the mind of one of them the slow monotony of sound woke up a far, far memory. He was looking intently at the small pen-and-ink sketch of the woman's head; it had evidently been drawn with great care, and by a true artist, for the woman's soul looked out of the eyes, and the lips were parted with a strange smile. Clarke gazed still at the face; it brought to his memory one summer evening, long ago; he saw again the long lovely valley, the river winding between the hills, the meadows and the cornfields, the dull red sun, and the cold white mist rising from the water. He heard a voice speaking to him across the waves of many years, and saying "Clarke, Mary will see the god Pan!" and then he was standing in the grim room beside the doctor, listening to the heavy ticking of the clock, waiting and watching, watching the figure lying on the green chair beneath the lamplight. Mary rose up, and he looked into her eyes, and his heart grew cold within him.

"Who is this woman?" he said at last. His voice was dry and hoarse.

Die beiden Männer saßen schweigend am Kamin; Clarke beglückwünschte sich insgeheim dazu, dass es ihm gelungen war, den Charakter eines Verfechters des Alltäglichen aufrechtzuerhalten, und Villiers hüllte sich in seine düsteren Fantasien.

"Ich glaube, ich nehme eine Zigarette", sagte er schließlich und steckte die Hand in die Tasche, um nach dem Zigarettenetui zu tasten. "Ah!", sagte er und fing vorsichtig an, "Ich hatte vergessen, dass ich Ihnen etwas zeigen wollte. Erinnern Sie sich, wie ich sagte, dass ich unter dem Stapel alter Zeitungen in dem Haus in der Paul Street eine ziemlich merkwürdige Skizze gefunden habe? Hier ist sie."

Villiers zog ein kleines, dünnes Päckchen aus seiner Tasche. Es war mit braunem Papier umhüllt und mit einer Schnur gesichert, und die Knoten waren lästig. Ungeachtet dessen fühlte sich Clarke neugierig; er beugte sich auf seinem Stuhl nach vorne, als Villiers die Schnur mühsam löste, um dann die äußere Hülle zu entfalten. Im Inneren befand sich eine zweite Hülle aus Seidenpapier, und Villiers nahm sie ab und reichte Clarke das kleine Stück Papier ohne ein Wort.

Fünf oder mehr Minuten lang herrschte Totenstille im Raum; die beiden Männer saßen so still, dass sie das Ticken der großen, altmodischen Uhr hören konnten, die draußen in der Halle stand, und im Kopf des einen von ihnen weckte die langsame Monotonie des Klangs eine weit, weit entfernte Erinnerung. Er betrachtete aufmerksam die kleine Tuschezeichnung des Kopfes der Frau; sie war offensichtlich mit großer Sorgfalt und von einem wahren Künstler gezeichnet worden, denn die Seele der Frau schaute aus den Augen, und die Lippen wurden durch ein seltsames Lächeln auseinandergezogen. Clarke blickte noch immer auf das Gesicht, das ihm an einem Sommerabend vor langer Zeit in Erinnerung blieb; er sah wieder das lange, schöne Tal, den Fluss, der sich zwischen den Hügeln, den Wiesen und Kornfeldern schlängelte, die dumpfrote Sonne und den kalten, weißen Nebel, der aus dem Wasser aufstieg. Er hörte eine Stimme, die über die Wellen vieler Jahre zu ihm sprach und sagte: "Clarke, Maria wird den Gott Pan sehen!", und dann stand er in dem düsteren Raum neben dem Arzt, lauschte dem schweren Ticken der Uhr, wartete und schaute zu, beobachtete die Gestalt, die auf dem grünen Stuhl unter dem Lampenlicht lag. Maria erhob sich, und er sah ihr in die Augen, und in seinem Herzen wurde es kalt.

"Wer ist diese Frau?", sagte er schließlich. Seine Stimme war trocken und heiser.

"That is the woman who Herbert married."

Clarke looked again at the sketch; it was not Mary after all. There certainly was Mary's face, but there was something else, something he had not seen on Mary's features when the white-clad girl entered the laboratory with the doctor, nor at her terrible awakening, nor when she lay grinning on the bed. Whatever it was, the glance that came from those eyes, the smile on the full lips, or the expression of the whole face, Clarke shuddered before it at his inmost soul, and thought, unconsciously, of Dr. Phillip's words, "the most vivid presentment of evil I have ever seen." He turned the paper over mechanically in his hand and glanced at the back.

"Good God! Clarke, what is the matter? You are as white as death."

Villiers had started wildly from his chair, as Clarke fell back with a groan, and let the paper drop from his hands.

"I don't feel very well, Villiers, I am subject to these attacks. Pour me out a little wine; thanks, that will do. I shall feel better in a few minutes."

Villiers picked up the fallen sketch and turned it over as Clarke had done.

"You saw that?" he said. "That's how I identified it as being a portrait of Herbert's wife, or I should say his widow. How do you feel now?"

"Better, thanks, it was only a passing faintness. I don't think I quite catch your meaning. What did you say enabled you to identify the picture?"

"This word—'Helen'—was written on the back. Didn't I tell you her name was Helen? Yes; Helen Vaughan."

Clarke groaned; there could be no shadow of doubt.

"Now, don't you agree with me," said Villiers, "that in the story I have told you to-night, and in the part this woman plays in it, there are some very strange points?"

"Yes, Villiers," Clarke muttered, "it is a strange story indeed; a strange story indeed. You must give me time to think it over; I may be able to help you or I may not. Must you be going now? Well, good-night, Villiers, good-night. Come and see me in the course of a week."

"Das ist die Frau, die Herbert geheiratet hat."

Clarke sah sich die Skizze noch einmal an; es war doch nicht Mary. Da war sicherlich Marys Gesicht, aber da war noch etwas anderes, etwas, das er auf Marys Gesichtszügen nicht gesehen hatte, als das weiß gekleidete Mädchen mit dem Arzt das Labor betrat, auch nicht bei ihrem schrecklichen Erwachen, auch nicht, als sie grinsend auf dem Bett lag. Was auch immer es war, der Blick, der aus diesen Augen kam, das Lächeln auf den vollen Lippen oder der Ausdruck des ganzen Gesichts, Clarke schauderte davor in seiner innersten Seele und dachte unbewusst an Dr. Phillips Worte, "die lebendigste Darstellung des Bösen, die ich je gesehen habe". Er drehte das Papier mechanisch in seiner Hand um und blickte auf die Rückseite.

"Großer Gott! Clarke, was ist los? Du bist so weiß wie der Tod."

Villiers war ungestüm von seinem Stuhl aufgestanden, als Clarke stöhnend zurückfiel und das Papier aus seinen Händen fallen ließ.

"Ich fühle mich nicht sehr gut, Villiers, ich bin diesen Attacken ausgesetzt. Schenken Sie mir ein wenig Wein ein; danke, das genügt. In ein paar Minuten werde ich mich besser fühlen."

Villiers nahm die heruntergefallene Skizze auf und drehte sie um, wie es Clarke getan hatte.

"Haben Sie das gesehen?", sagte er. "So habe ich es als ein Porträt von Herberts Frau identifiziert, oder besser gesagt, als seine Witwe. Wie fühlen Sie sich jetzt?"

"Besser, danke, es war nur eine vorübergehende Schwäche. Ich glaube, ich verstehe nicht ganz, was Sie meinen. Was haben Sie gesagt, womit Sie das Bild identifizieren konnten?"

"Dieses Wort - 'Helen' - stand auf der Rückseite. Sagte ich nicht, dass sie Helen heißt? Ja, Helen Vaughan."

Clarke stöhnte, es konnte nicht der geringste Zweifel bestehen.

"Stimmen Sie mir nicht zu", sagte Villiers, "dass die Geschichte, die ich Ihnen heute Abend erzählt habe, und die Rolle, die diese Frau darin spielt, einige sehr seltsame Punkte enthalten?

"Ja, Villiers", murmelte Clarke, "es ist in der Tat eine seltsame Geschichte; eine wirklich seltsame Geschichte. Sie müssen mir Zeit geben, darüber nachzudenken; vielleicht kann ich Ihnen helfen oder auch nicht. Müssen Sie jetzt gehen? Gute Nacht, Villiers, gute Nacht. Besuchen Sie mich im Laufe der Woche."

V. THE LETTER OF ADVICE

"Do you know, Austin," said Villiers, as the two friends were pacing sedately along Piccadilly one pleasant morning in May, "do you know I am convinced that what you told me about Paul Street and the Herberts is a mere episode in an extraordinary history? I may as well confess to you that when I asked you about Herbert a few months ago I had just seen him."

"You had seen him? Where?"

"He begged of me in the street one night. He was in the most pitiable plight, but I recognized the man, and I got him to tell me his history, or at least the outline of it. In brief, it amounted to this—he had been ruined by his wife."

"In what manner?"

"He would not tell me; he would only say that she had destroyed him, body and soul. The man is dead now."

"And what has become of his wife?"

"Ah, that's what I should like to know, and I mean to find her sooner or later. I know a man named Clarke, a dry fellow, in fact a man of business, but shrewd enough. You understand my meaning; not shrewd in the mere business sense of the word, but a man who really knows something about men and life. Well, I laid the case before him, and he was evidently impressed. He said it needed consideration, and asked me to come again in the course of a week. A few days later I received this extraordinary letter."

Austin took the envelope, drew out the letter, and read it curiously. It ran as follows:—

"MY DEAR VILLIERS,—I have thought over the matter on which you consulted me the other night, and my advice to you is this. Throw the portrait into the fire, blot out the story from your mind. Never give it another thought, Villiers, or you will be sorry. You will think, no doubt, that I am in possession of some secret information, and to a certain extent that is the case. But I only know a little; I am like a traveller who has peered over an abyss, and has drawn back in terror.

V. Das Empfehlungsschreiben

"Wissen Sie, Austin", sagte Villiers, als die beiden Freunde an einem angenehmen Morgen im Mai gemächlich am Piccadilly entlang schritten, "wissen Sie, dass ich überzeugt bin, dass das, was Sie mir über die Paul Street und die Herberts erzählt haben, nur eine Episode in einer außergewöhnlichen Geschichte ist? Ich kann Ihnen auch gestehen, dass ich, als ich Sie vor einigen Monaten nach Herbert fragte, ihn gerade gesehen hatte.

"Sie hatten ihn gesehen? Wo?"

"Eines Abends bettelte er mich auf der Straße an. Er befand sich in der erbärmlichsten Lage, aber ich erkannte den Mann und brachte ihn dazu, mir seine Geschichte zu erzählen, oder zumindest den Umriss davon. Kurz gesagt, es lief darauf hinaus - er war von seiner Frau ruiniert worden."

"Auf welche Weise?"

"Er wollte es mir nicht sagen; er wollte nur sagen, dass sie ihn mit Leib und Seele zerstört hatte. Der Mann ist jetzt tot."

"Und was ist aus seiner Frau geworden?"

"Ah, das würde ich gerne wissen, und ich will sie früher oder später finden. Ich kenne einen Mann namens Clarke, ein nüchterner Kerl, eigentlich ein Unternehmer, aber clever genug. Sie verstehen, was ich meine; nicht gerissen im rein geschäftlichen Sinne des Wortes, sondern ein Mann, der wirklich etwas über Menschen und das Leben weiß. Nun, ich habe ihm den Fall vorgelegt, und er war offensichtlich beeindruckt. Er sagte, es müsse überdacht werden, und bat mich, im Laufe einer Woche wiederzukommen. Ein paar Tage später erhielt ich diesen außergewöhnlichen Brief."

Austin nahm den Umschlag, zog den Brief heraus und las ihn neugierig. Er lautete wie folgt:-

"Mein lieber Villiers, ich habe über die Angelegenheit nachgedacht, zu der Sie mich neulich Abend konsultiert haben, und mein Rat an Sie ist folgender. Werfen Sie das Porträt ins Feuer, löschen Sie die Geschichte aus Ihrem Gedächtnis. Denken Sie nie wieder daran, Villiers, sonst wird es Ihnen Leid tun. Sie werden zweifellos denken, dass ich im Besitz von geheimen Informationen bin, und in gewissem Maße ist das auch der Fall. Aber ich weiß nur wenig; ich bin wie ein Reisender, der in einen Abgrund geblickt hat und sich in Angst und Schrecken zurückzieht.

What I know is strange enough and horrible enough,
but beyond my knowledge there are depths and horrors
more frightful still, more incredible than any tale told of
winter nights about the fire. I have resolved, and nothing
shall shake that resolve, to explore no whit farther, and if
you value your happiness you will make the same
determination.

"Come and see me by all means; but we will talk on
more cheerful topics than this."

Austin folded the letter methodically, and returned it to Villiers.

"It is certainly an extraordinary letter," he said, "what does he mean by the portrait?"

"Ah! I forgot to tell you I have been to Paul Street and have made a discovery."

Villiers told his story as he had told it to Clarke, and Austin listened in silence. He seemed puzzled.

"How very curious that you should experience such an unpleasant sensation in that room!" he said at length. "I hardly gather that it was a mere matter of the imagination; a feeling of repulsion, in short."

"No, it was more physical than mental. It was as if I were inhaling at every breath some deadly fume, which seemed to penetrate to every nerve and bone and sinew of my body. I felt racked from head to foot, my eyes began to grow dim; it was like the entrance of death."

"Yes, yes, very strange certainly. You see, your friend confesses that there is some very black story connected with this woman. Did you notice any particular emotion in him when you were telling your tale?"

"Yes, I did. He became very faint, but he assured me that it was a mere passing attack to which he was subject."

"Did you believe him?"

"I did at the time, but I don't now. He heard what I had to say with a good deal of indifference, till I showed him the portrait. It was then that he was seized with the attack of which I spoke. He looked ghastly, I assure you."

Was ich weiß, ist seltsam genug und schrecklich genug,
aber jenseits meines Wissens gibt es Tiefen und Schrecken,
die noch schrecklicher sind, unglaublicher als jede Ge-
schichte, die in Winternächten vor dem Kaminfeuer erzählt
wird. Ich habe mir vorgenommen, und nichts soll diese Ab-
sicht erschüttern, nichts weiter zu erforschen, und wenn Sie
auf Ihr Glück Wert legen, werden Sie die gleiche Entschei-
dung treffen.

"Kommen Sie mich unbedingt besuchen; aber wir wer-
den über fröhlichere Themen als dieses sprechen."

Austin faltete den Brief sorgfältig und gab ihn an Villiers zurück.

"Es ist sicherlich ein außergewöhnlicher Brief", sagte er, "was meint er mit dem Porträt?"

"Ah! Ich habe vergessen, Ihnen zu sagen, dass ich in der Paul Street war und eine Entdeckung gemacht habe."

Villiers erzählte seine Geschichte so, wie er sie Clarke erzählt hatte, und Austin hörte schweigend zu. Er schien verwirrt zu sein.

"Wie merkwürdig, dass Sie in diesem Raum ein so unangenehmes Gefühl erleben mussten", sagte er ausführlich. "Ich kann kaum glauben, dass es nur eine Frage der Einbildungskraft war; kurz gesagt, ein Gefühl der Abstoßung."

"Nein, es war mehr körperlich als geistig. Es war, als würde ich bei jedem Atemzug einen tödlichen Rauch einatmen, der bis zu jedem Nerv und bis zu den Knochen und Sehnen meines Körpers vorzudringen schien. Ich fühlte mich von Kopf bis Fuß gequält, meine Augen begannen sich zu trüben; es war wie der Eintritt des Todes.

"Ja, ja, sehr merkwürdig sicherlich. Sehen Sie, Ihr Freund gibt zu, dass mit dieser Frau eine sehr schwarze Geschichte verbunden ist. Haben Sie bei ihm eine besondere Emotion wahrgenommen, als Sie Ihre Geschichte erzählten?"

"Ja, das ist mir aufgefallen. Er wurde sehr schwach, aber er versicherte mir, dass es sich nur um eine vorübergehende Attacke handelte, der er ausgesetzt war."

"Haben Sie ihm geglaubt?"

"Damals schon, aber jetzt nicht mehr. Er hörte mit großer Gleichgültigkeit, was ich zu sagen hatte, bis ich ihm das Porträt zeigte. Da wurde er von der Attacke, von der ich sprach, ergriffen. Er sah schrecklich aus, das versichere ich Ihnen."

"Then he must have seen the woman before. But there might be another explanation; it might have been the name, and not the face, which was familiar to him. What do you think?"

"I couldn't say. To the best of my belief it was after turning the portrait in his hands that he nearly dropped from the chair. The name, you know, was written on the back."

"Quite so. After all, it is impossible to come to any resolution in a case like this. I hate melodrama, and nothing strikes me as more commonplace and tedious than the ordinary ghost story of commerce; but really, Villiers, it looks as if there were something very queer at the bottom of all this."

The two men had, without noticing it, turned up Ashley Street, leading northward from Piccadilly. It was a long street, and rather a gloomy one, but here and there a brighter taste had illuminated the dark houses with flowers, and gay curtains, and a cheerful paint on the doors. Villiers glanced up as Austin stopped speaking, and looked at one of these houses; geraniums, red and white, drooped from every sill, and daffodil-coloured curtains were draped back from each window.

"It looks cheerful, doesn't it?" he said.

"Yes, and the inside is still more cheery. One of the pleasantest houses of the season, so I have heard. I haven't been there myself, but I've met several men who have, and they tell me it's uncommonly jovial."

"Whose house is it?"

"A Mrs. Beaumont's."

"And who is she?"

"I couldn't tell you. I have heard she comes from South America, but after all, who she is is of little consequence. She is a very wealthy woman, there's no doubt of that, and some of the best people have taken her up. I hear she has some wonderful claret, really marvellous wine, which must have cost a fabulous sum. Lord Argentine was telling me about it; he was there last Sunday evening.

70

"Dann muss er die Frau schon einmal gesehen haben. Aber es könnte eine andere Erklärung geben; es könnte der Name gewesen sein, und nicht das Gesicht, das ihm vertraut war. Was denken Sie?"

"Das kann ich nicht sagen. Meiner Meinung nach ist er, nachdem er das Porträt in seinen Händen gedreht hat, fast vom Stuhl gefallen. Der Name stand auf der Rückseite."

"Ganz genau. Schließlich ist es unmöglich, in einem solchen Fall zu einer Lösung zu kommen. Ich hasse Melodramen, und nichts erscheint mir alltäglicher und langweiliger als die gewöhnliche Geistergeschichte des Kommerzes; aber wirklich, Villiers, es sieht so aus, als ob dem Ganzen etwas sehr Seltsames zugrunde liegt.

Die beiden Männer hatten, ohne es zu merken, die Ashley Street, die von Piccadilly nach Norden führt, genommen. Es war eine lange und eher düstere Straße, aber hier und da hatte ein freundlicherer Charakter die dunklen Häuser mit Blumen und fröhlichen Vorhängen und einer fröhlichen Farbe an den Türen erhellt. Villiers blickte auf, als Austin aufhörte zu sprechen, und schaute auf eines dieser Häuser; Geranien, rot und weiß, hingen von jedem Fensterbrett herunter, und narzissenfarbene Vorhänge waren von allen Fenstern zurückgezogen.

"Es sieht doch fröhlich aus, nicht wahr?", sagte er.

"Ja, und das Innere ist noch fröhlicher. Eines der angenehmsten Häuser der Jahreszeit, wie ich gehört habe. Ich war selbst nicht dort, aber ich habe einige Leute kennen gelernt, die mir gesagt haben, dass es ungewöhnlich freundlich ist."

"Wem gehört das Haus?"

" Einer Frau Beaumont."

"Und wer ist sie?"

"Das kann ich Ihnen nicht sagen. Ich habe gehört, dass sie aus Südamerika kommt, aber wer sie ist, ist schließlich nicht von Bedeutung. Sie ist eine sehr reiche Frau, daran besteht kein Zweifel, und einige der besten Leute haben sie aufgesucht. Ich habe gehört, sie hat einen wunderbaren Rotwein, einen wirklich wunderbaren Wein, der eine fabelhafte Summe gekostet haben muss. Lord Argentine hat mir davon erzählt; er war letzten Sonntagabend dort.

He assures me he has never tasted such a wine, and Argentine, as you know, is an expert. By the way, that reminds me, she must be an oddish sort of woman, this Mrs. Beaumont. Argentine asked her how old the wine was, and what do you think she said? 'About a thousand years, I believe.' Lord Argentine thought she was chaffing him, you know, but when he laughed she said she was speaking quite seriously and offered to show him the jar. Of course, he couldn't say anything more after that; but it seems rather antiquated for a beverage, doesn't it? Why, here we are at my rooms. Come in, won't you?"

"Thanks, I think I will. I haven't seen the curiosity-shop for a while."

It was a room furnished richly, yet oddly, where every jar and bookcase and table, and every rug and jar and ornament seemed to be a thing apart, preserving each its own individuality.

"Anything fresh lately?" said Villiers after a while.

"No; I think not; you saw those queer jugs, didn't you? I thought so. I don't think I have come across anything for the last few weeks."

Austin glanced around the room from cupboard to cupboard, from shelf to shelf, in search of some new oddity. His eyes fell at last on an odd chest, pleasantly and quaintly carved, which stood in a dark corner of the room.

"Ah," he said, "I was forgetting, I have got something to show you." Austin unlocked the chest, drew out a thick quarto volume, laid it on the table, and resumed the cigar he had put down.

"Did you know Arthur Meyrick the painter, Villiers?"

"A little; I met him two or three times at the house of a friend of mine. What has become of him? I haven't heard his name mentioned for some time."

"He's dead."

"You don't say so! Quite young, wasn't he?"

"Yes; only thirty when he died."

"What did he die of?"

Er versicherte mir, dass er noch nie einen solchen Wein gekostet hat, und Argentine ist, wie Sie wissen, ein Experte. Übrigens, das erinnert mich daran, dass sie eine seltsame Art von Frau sein muss, diese Frau Beaumont. Argentine hat sie gefragt, wie alt der Wein ist, und was hat sie Ihrer Meinung nach gesagt? "Etwa tausend Jahre, glaube ich. Lord Argentine dachte, sie würde ihn necken, wissen Sie, aber als er lachte, sagte sie, dass sie ziemlich ernst gesprochen habe und bot an, ihm den Weinbehälter zu zeigen. Natürlich konnte er danach nichts mehr sagen; aber für ein Getränk scheint es doch ziemlich uralt zu sein, nicht wahr? Nun, hier sind wir bei meinen Räumen. Kommen Sie doch herein."

"Danke, ich denke, das werde ich. Ich habe den Kuriositäten-Salon schon eine Weile nicht mehr gesehen."

Es war ein reich, aber seltsam eingerichteter Raum, in dem jeder Krug, jedes Bücherregal und jeder Tisch, jeder Teppich, jedes Glas und jedes Dekor etwas Besonderes zu sein schien, wobei jedes seine eigene Individualität bewahrte.

"Gibt es in letzter Zeit etwas Neues?", sagte Villiers nach einer Weile.

"Nein; ich glaube nicht; Sie haben diese seltsamen Krüge gesehen, nicht wahr? Das dachte ich mir. Ich glaube nicht, dass ich in den letzten Wochen auf etwas gestoßen bin."

Austin blickte von Schrank zu Schrank, von Regal zu Regal, auf der Suche nach einer neuen Kuriosität durch den Raum. Endlich fiel sein Blick auf eine seltsame, ansprechend und malerisch geschnitzte Truhe, die in einer dunklen Ecke des Raumes stand.

"Ah", sagte er, "ich hatte vergessen, ich muss Ihnen etwas zeigen." Austin schloss die Truhe auf, holte ein Buch in einem dicken Quartformat heraus, legte es auf den Tisch und nahm die Zigarre, die er abgelegt hatte, wieder auf.

"Kannten Sie Arthur Meyrick, den Maler Villiers?"

"Ein wenig; ich traf ihn zwei oder drei Mal im Haus eines Freundes von mir. Was ist aus ihm geworden? Ich habe seinen Namen schon lange nicht mehr gehört."

"Er ist tot."

"Was Sie nicht sagen! Ziemlich jung, nicht wahr?"

"Ja, erst dreißig, als er starb."

"Woran ist er gestorben?"

"I don't know. He was an intimate friend of mine, and a thoroughly good fellow. He used to come here and talk to me for hours, and he was one of the best talkers I have met. He could even talk about painting, and that's more than can be said of most painters. About eighteen months ago he was feeling rather overworked, and partly at my suggestion he went off on a sort of roving expedition, with no very definite end or aim about it. I believe New York was to be his first port, but I never heard from him. Three months ago I got this book, with a very civil letter from an English doctor practising at Buenos Ayres, stating that he had attended the late Mr. Meyrick during his illness, and that the deceased had expressed an earnest wish that the enclosed packet should be sent to me after his death. That was all."

"And haven't you written for further particulars?"

"I have been thinking of doing so. You would advise me to write to the doctor?"

"Certainly. And what about the book?"

"It was sealed up when I got it. I don't think the doctor had seen it."

"It is something very rare? Meyrick was a collector, perhaps?"

"No, I think not, hardly a collector. Now, what do you think of these Ainu jugs?"

"They are peculiar, but I like them. But aren't you going to show me poor Meyrick's legacy?"

"Yes, yes, to be sure. The fact is, it's rather a peculiar sort of thing, and I haven't shown it to any one. I wouldn't say anything about it if I were you. There it is."

Villiers took the book, and opened it at haphazard.

"It isn't a printed volume, then?" he said.

"No. It is a collection of drawings in black and white by my poor friend Meyrick."

Villiers turned to the first page, it was blank; the second bore a brief inscription, which he read:

"Ich weiß es nicht. Er war ein enger Freund von mir und ein durch und durch guter Mensch. Er kam oft hierher und redete stundenlang mit mir, und er war einer der besten Redner, die ich je getroffen habe. Er konnte sogar über Malerei sprechen, und das ist mehr, als man von den meisten Malern sagen kann. Vor etwa achtzehn Monaten fühlte er sich ziemlich überfordert, und auf meine Anregung hin begab er sich sozusagen auf die Reise, ohne ein ganz bestimmtes Ende oder Ziel zu haben. Ich glaube, New York war sein erster Hafen, aber ich habe nie mehr von ihm gehört. Vor drei Monaten erhielt ich dieses Buch mit einem sehr höflichen Brief eines englischen Arztes, der in Buenos Aires praktiziert, in dem er angab, dass er den verstorbenen Herrn Meyrick während seiner Krankheit besucht habe, und dass der Verstorbene den aufrichtigen Wunsch geäußert habe, dass das beigefügte Paket nach seinem Tod an mich geschickt werden solle. Das war alles."

"Und haben Sie keine weiteren Einzelheiten dazu angefordert?"

"Ich habe darüber nachgedacht, dies zu tun. Sie würden mir raten, dem Arzt zu schreiben?"

"Aber sicher. Und was ist mit dem Buch?"

"Es war versiegelt, als ich es bekam. Ich glaube nicht, dass der Arzt es gesehen hat."

" Ist es etwas sehr Seltenes? Meyrick war vielleicht ein Sammler?"

"Nein, ich glaube nicht, kaum ein Sammler. Nun, was halten Sie von diesen Ainu-Krügen?"

"Sie sind seltsam, aber ich mag sie. Aber wollen Sie mir nicht das Vermächtnis des armen Meyrick zeigen?"

"Ja, ja, sicher. Tatsache ist, dass es eine ziemlich eigenartige Sache ist, und ich habe sie noch niemandem gezeigt. Ich würde an Ihrer Stelle nichts darüber sagen. Da ist es."

Villiers nahm das Buch und schlug es willkürlich auf.

"Es ist also kein gedruckter Band?", sagte er.

"Nein. Es ist eine Sammlung von Zeichnungen in Schwarzweiß von meinem armen Freund Meyrick."

Villiers wandte sich der ersten Seite zu, sie war leer; die zweite Seite trug eine kurze Inschrift, die er las:

Silet per diem universus, nec sine horrore secretus est; lucet nocturnis ignibus, chorus Aegipanum undique personatur: audiuntur et cantus tibiarum, et tinnitus cymbalorum per oram maritimam.

On the third page was a design which made Villiers start and look up at Austin; he was gazing abstractedly out of the window. Villiers turned page after page, absorbed, in spite of himself, in the frightful Walpurgis Night of evil, strange monstrous evil, that the dead artist had set forth in hard black and white. The figures of Fauns and Satyrs and Aegipans danced before his eyes, the darkness of the thicket, the dance on the mountain-top, the scenes by lonely shores, in green vineyards, by rocks and desert places, passed before him: a world before which the human soul seemed to shrink back and shudder. Villiers whirled over the remaining pages; he had seen enough, but the picture on the last leaf caught his eye, as he almost closed the book.

"Austin!"

"Well, what is it?"

"Do you know who that is?"

It was a woman's face, alone on the white page.

"Know who it is? No, of course not."

"I do."

"Who is it?"

"It is Mrs. Herbert."

"Are you sure?"

"I am perfectly sure of it. Poor Meyrick! He is one more chapter in her history."

"But what do you think of the designs?"

"They are frightful. Lock the book up again, Austin. If I were you I would burn it; it must be a terrible companion even though it be in a chest."

"Yes, they are singular drawings. But I wonder what connection there could be between Meyrick and Mrs. Herbert, or what link between her and these designs?"

Silet per diem universus, nec sine horrore secretus est; lucet nocturnis ignibus, chorus Aegipanum undique personatur: audiuntur et cantus tibiarum, et tinnitus cymbalorum per oram maritimam.

Auf der dritten Seite war ein Entwurf, der Villiers dazu brachte, loszulegen und zu Austin aufzuschauen; er blickte abwesend aus dem Fenster. Villiers blätterte Seite für Seite um, versunken in die schreckliche Walpurgisnacht des Bösen, des seltsamen, monströsen Bösen, die der tote Künstler in hartem Schwarz-Weiß dargestellt hatte. Die Gestalten der Faune und Satyrn und Ägipan tanzten vor seinen Augen, das Dunkel des Dickichts, der Tanz auf dem Berggipfel, die Szenen an einsamen Ufern, in grünen Weinbergen, an Felsen und Wüstenplätzen zogen vor ihm vorbei: eine Welt, vor der die menschliche Seele zurückzuschrecken und zu schaudern schien. Bösewichte wirbelten über die verbleibenden Seiten; er hatte genug gesehen, aber das Bild auf dem letzten Blatt fiel ihm auf, als er das Buch fast schloss.

"Austin!"

"Nun, was ist das?"

"Weißt du, wer das ist?"

Es war das Gesicht einer Frau, allein auf dem weißen Blatt.

"Weißt du, wer das ist? Nein, natürlich nicht."

"Ich weiß es."

"Wer ist es?"

"Es ist Mrs. Herbert."

"Sind Sie sicher?

"Ich bin mir ganz sicher. Armer Meyrick! Er ist ein weiteres Kapitel in ihrer Geschichte."

"Aber was halten Sie von den Entwürfen?"

"Sie sind schrecklich. Schließen Sie das Buch wieder ein, Austin. Wenn ich Sie wäre, würde ich es verbrennen; es muss ein grauenhafter Begleiter sein, auch wenn es in einer Truhe liegt."

"Ja, es sind einzigartige Zeichnungen. Aber ich frage mich, welche Verbindung es zwischen Meyrick und Mrs. Herbert geben könnte, oder welche Verbindung zwischen ihr und diesen Entwürfen?"

"Ah, who can say? It is possible that the matter may end here, and we shall never know, but in my own opinion this Helen Vaughan, or Mrs. Herbert, is only the beginning. She will come back to London, Austin; depend on it, she will come back, and we shall hear more about her then. I doubt it will be very pleasant news."

"Ah, wer kann das schon sagen? Es ist möglich, dass die Angelegenheit hier enden wird, und wir werden es nie erfahren, aber meiner Meinung nach ist diese Helen Vaughan, oder Frau Herbert, nur der Ausgangspunkt. Sie wird nach nach London zurückkommen, Austin; abhängig davon werden wir mehr über sie erfahren. Ich bezweifle, dass es eine sehr erfreuliche Nachricht sein wird."

VI. THE SUICIDES

Lord Argentine was a great favourite in London Society. At twenty he had been a poor man, decked with the surname of an illustrious family, but forced to earn a livelihood as best he could, and the most speculative of money-lenders would not have entrusted him with fifty pounds on the chance of his ever changing his name for a title, and his poverty for a great fortune. His father had been near enough to the fountain of good things to secure one of the family livings, but the son, even if he had taken orders, would scarcely have obtained so much as this, and moreover felt no vocation for the ecclesiastical estate. Thus he fronted the world with no better armour than the bachelor's gown and the wits of a younger son's grandson, with which equipment he contrived in some way to make a very tolerable fight of it. At twenty-five Mr. Charles Aubernon saw himself still a man of struggles and of warfare with the world, but out of the seven who stood before him and the high places of his family three only remained. These three, however, were "good lives," but yet not proof against the Zulu assegais and typhoid fever, and so one morning Aubernon woke up and found himself Lord Argentine, a man of thirty who had faced the difficulties of existence, and had conquered. The situation amused him immensely, and he resolved that riches should be as pleasant to him as poverty had always been. Argentine, after some little consideration, came to the conclusion that dining, regarded as a fine art, was perhaps the most amusing pursuit open to fallen humanity, and thus his dinners became famous in London, and an invitation to his table a thing covetously desired. After ten years of lordship and dinners Argentine still declined to be jaded, still persisted in enjoying life, and by a kind of infection had become recognized as the cause of joy in others, in short, as the best of company. His sudden and tragical death therefore caused a wide and deep sensation. People could scarcely believe it, even though the newspaper was before their eyes, and the cry of "Mysterious Death of a Nobleman" came ringing up from the street.

VI. Die Selbstmorde

Lord Argentine war in der Londoner Gesellschaft sehr beliebt. Mit zwanzig Jahren war er ein armer Mann gewesen, mit dem Familiennamen einer angesehenen Familie geschmückt, aber gezwungen, seinen Lebensunterhalt so gut wie möglich zu verdienen, und der spekulativste aller Geldverleiher hätte ihm keine fünfzig Pfund für die Möglichkeit anvertraut, dass er jemals seinen Namen gegen einen Titel und seine Armut gegen ein großes Vermögen tauschen würde. Sein Vater war nahe genug am Quell der guten Dinge gewesen, um sich eine der Existenzgrundlagen der Familie zu sichern, aber der Sohn hätte, selbst wenn er eine Berufung erhalten hätte, kaum so viel erreicht und fühlte sich zudem nicht für den kirchlichen Bereich geeignet. So trat er mit keiner besseren Rüstung als dem Bachelor-Gewand und dem Köpfchen des Enkels in die Welt hinaus, mit dessen Mitteln er in gewisser Weise einen sehr einträglichen Kampf austrug. Mit fünfundzwanzig Jahren sah sich Charles Aubernon immer noch als ein Mann des Kampfes und der Auseinandersetzung mit der Welt, aber von den Sieben, die vor ihm waren, blieben nur drei auf den hohen Plätzen seiner Familie übrig. Diese drei führten zwar ein "gutes Leben", waren aber noch kein Beweis gegen die Zulu Speere und den Typhus, und so erwachte Aubernon eines Morgens und fand sich als Lord Argentine wieder, ein Mann von dreißig Jahren, der die Schwierigkeiten des Daseins bewältigt und gewonnen hatte. Die Situation amüsierte ihn ungemein, und er beschloss, dass Reichtum für sein Leben so angenehm sein sollte, wie es die Armut immer gewesen war. Argentine kam nach einigen wenigen Überlegungen zu dem Schluss, dass das Essen, das als eine schöne Kunst angesehen wurde, vielleicht die amüsanteste Beschäftigung war, die der verfallenden Humanität offenstand, und so wurden seine Abendessen in London berühmt, und eine Einladung an seinen Tisch war eine begehrte Sache. Nach zehn Jahren der Lordschaft und der Dinner zeigte sich Sir Argentine immer noch nicht gelangweilt, genoss das Leben weiterhin und wurde durch eine Art Ansteckung zur Ursache der Lebensfreude bei anderen, kurz gesagt, zur besten Gesellschaft. Sein plötzlicher und tragischer Tod löste daher ein allgemeines und tiefes Entsetzen aus. Die Menschen konnten es kaum glauben, obwohl die Zeitung vor ihren Augen lag und der Ruf "Mysteriöser Tod eines Adligen" von der Straße erschallte.

But there stood the brief paragraph: "Lord Argentine was found dead this morning by his valet under distressing circumstances. It is stated that there can be no doubt that his lordship committed suicide, though no motive can be assigned for the act. The deceased nobleman was widely known in society, and much liked for his genial manner and sumptuous hospitality. He is succeeded by," etc., etc.

By slow degrees the details came to light, but the case still remained a mystery. The chief witness at the inquest was the deceased's valet, who said that the night before his death Lord Argentine had dined with a lady of good position, whose name was suppressed in the newspaper reports. At about eleven o'clock Lord Argentine had returned, and informed his man that he should not require his services till the next morning. A little later the valet had occasion to cross the hall and was somewhat astonished to see his master quietly letting himself out at the front door. He had taken off his evening clothes, and was dressed in a Norfolk coat and knickerbockers, and wore a low brown hat. The valet had no reason to suppose that Lord Argentine had seen him, and though his master rarely kept late hours, thought little of the occurrence till the next morning, when he knocked at the bedroom door at a quarter to nine as usual. He received no answer, and, after knocking two or three times, entered the room, and saw Lord Argentine's body leaning forward at an angle from the bottom of the bed. He found that his master had tied a cord securely to one of the short bed-posts, and, after making a running noose and slipping it round his neck, the unfortunate man must have resolutely fallen forward, to die by slow strangulation. He was dressed in the light suit in which the valet had seen him go out, and the doctor who was summoned pronounced that life had been extinct for more than four hours. All papers, letters, and so forth seemed in perfect order, and nothing was discovered which pointed in the most remote way to any scandal either great or small. Here the evidence ended; nothing more could be discovered. Several persons had been present at the dinner-party at which Lord Argentine had assisted, and to all these he seemed in his usual genial spirits.

Aber da stand der kurze Absatz: "Lord Argentine wurde heute Morgen von seinem Diener unter erschreckenden Umständen tot aufgefunden. Es heißt, dass es keinen Zweifel daran gibt, dass seine Lordschaft Selbstmord begangen hat, obwohl kein Motiv für die Tat angegeben werden kann. Der verstorbene Adlige war in der Gesellschaft weithin bekannt und wurde wegen seiner genialen Art und seiner großzügigen Gastfreundschaft sehr geschätzt. Ihm folgt", usw., usw.

Langsam kamen die Einzelheiten ans Licht, aber der Fall blieb dennoch ein Rätsel. Der Hauptzeuge bei der Untersuchung war der Diener des Verstorbenen, der sagte, dass Lord Argentine in der Nacht vor seinem Tod mit einer Dame von guter Stellung zu Abend gegessen hatte, deren Name in den Zeitungsberichten unterdrückt wurde. Gegen elf Uhr war Lord Argentine zurückgekehrt und teilte seinem Diener mit, dass er seine Dienste erst wieder am nächsten Morgen in Anspruch nehmen wolle. Etwas später hatte der Diener Gelegenheit, den Gang zu durchqueren, und war etwas erstaunt, als er sah, dass sein Herr sich leise an der Eingangstür hinausbegab. Er hatte seine Abendkleidung ausgezogen, trug einen Norfolk-Mantel und Knickerbocker und einen flachen braunen Hut. Der Diener hatte keinen Grund zu der Annahme, dass Lord Argentine ihn gesehen hatte, und obwohl sein Herr selten zu später Stunde ging, dachte er bis zum nächsten Morgen, als er wie üblich um viertel vor neun an die Schlafzimmertür klopfte, wenig an das Vorkommnis. Er erhielt keine Antwort und betrat nach zwei- oder dreimaligem Klopfen den Raum und sah Lord Argentines Körper, der sich vom Fußende des Bettes schräg nach vorne lehnte. Er stellte fest, dass sein Herr eine Schnur fest an einen der kurzen Bettpfosten gebunden hatte, und nachdem er eine Schlinge gemacht und um seinen Hals gelegt hatte, muss der unglückliche Mann resolut nach vorne gefallen sein, um durch langsames Strangulieren zu sterben. Er war in den leichten Anzug gekleidet, in dem der Diener ihn hatte hinausgehen sehen, und der herbeigerufene Arzt erklärte, dass das Leben seit mehr als vier Stunden vorbei sei. Alle Papiere, Briefe und so weiter schienen in perfekter Ordnung zu sein, und es wurde nichts entdeckt, was auch nur im entferntesten auf einen großen oder kleinen Skandal hindeutete. Hier endeten die Beweise; es konnte nichts mehr entdeckt werden. Mehrere Personen waren bei der Dinner-Party anwesend gewesen, an der Lord Argentine teilgenommen hatte, und all jenen schien er in seiner gewohnt freundlichen Stimmung zu sein.

The valet, indeed, said he thought his master appeared a little excited when he came home, but confessed that the alteration in his manner was very slight, hardly noticeable, indeed. It seemed hopeless to seek for any clue, and the suggestion that Lord Argentine had been suddenly attacked by acute suicidal mania was generally accepted.

It was otherwise, however, when within three weeks, three more gentlemen, one of them a nobleman, and the two others men of good position and ample means, perished miserably in the almost precisely the same manner. Lord Swanleigh was found one morning in his dressing-room, hanging from a peg affixed to the wall, and Mr. Collier-Stuart and Mr. Herries had chosen to die as Lord Argentine. There was no explanation in either case; a few bald facts; a living man in the evening, and a body with a black swollen face in the morning. The police had been forced to confess themselves powerless to arrest or to explain the sordid murders of Whitechapel; but before the horrible suicides of Piccadilly and Mayfair they were dumbfoundered, for not even the mere ferocity which did duty as an explanation of the crimes of the East End, could be of service in the West. Each of these men who had resolved to die a tortured shameful death was rich, prosperous, and to all appearances in love with the world, and not the acutest research should ferret out any shadow of a lurking motive in either case. There was a horror in the air, and men looked at one another's faces when they met, each wondering whether the other was to be the victim of the fifth nameless tragedy. Journalists sought in vain for their scrapbooks for materials whereof to concoct reminiscent articles; and the morning paper was unfolded in many a house with a feeling of awe; no man knew when or where the next blow would light.

A short while after the last of these terrible events, Austin came to see Mr. Villiers. He was curious to know whether Villiers had succeeded in discovering any fresh traces of Mrs. Herbert, either through Clarke or by other sources, and he asked the question soon after he had sat down.

84

Der Diener sagte in der Tat, dass er dachte, sein Herr schien ein wenig aufgewühlt zu sein, als er nach Hause kam, aber er gestand, dass die Veränderung in seinem Verhalten nur geringfügig, ja kaum wahrnehmbar war. Es schien hoffnungslos, nach irgendeinem Anhaltspunkt zu suchen, und die Vermutung, dass Lord Argentine plötzlich von akuter Selbstmordmanie befallen war, wurde allgemein akzeptiert.

Es war jedoch anders, als innerhalb von drei Wochen drei weitere Herren, einer von ihnen ein Adliger, und die beiden anderen Männer von guter Stellung und reichlichen Mitteln, auf fast genau dieselbe Weise elend zu Tode kamen. Lord Swanleigh wurde eines Morgens in seiner Garderobe gefunden, an einem an der Wand befestigten Pflock hängend, und Mr. Collier-Stuart und Mr. Herries hatten sich entschieden, wie Lord Argentine zu sterben. Es gab in beiden Fällen keine Erklärung; ein paar nüchterne Fakten; ein lebender Mann am Abend und ein Körper mit einem schwarzen, geschwollenen Gesicht am Morgen. Die Polizei war gezwungen gewesen, einzugestehen, dass sie nicht in der Lage war, die schmutzigen Morde von Whitechapel zu erklären oder gar eine Verhaftung vorzunehmen; aber angesichts der schrecklichen Selbstmorde von Piccadilly und Mayfair waren sie vollkommen verwirrt, denn nicht einmal die bloße Grausamkeit, die als Erklärung für die Verbrechen im East End diente, konnte im Westen hilfreich sein. Jeder dieser Männer, die beschlossen hatten, einen schändlichen, qualvollen Tod zu sterben, war reich, wohlhabend und allem Anschein nach lebenslustig, und nicht die sorgfältigste Recherche sollte in beiden Fällen den Schatten eines lauernden Motivs aufspüren. Es lag ein Entsetzen in der Luft, und die Leute sahen einander in die Augen, als sie sich trafen, und fragten sich, ob der andere das Opfer der fünften namenlosen Tragödie werden würde. Vergeblich suchten die Journalisten in ihren Aufzeichnungen nach Materialien, aus denen sie sich ähnliche Artikel zusammenstellen konnten; und die Morgenzeitung wurde in so manchem Haus mit einem Gefühl der Angst entfaltet; kein Mann wusste, wann und wo der nächste Schlag erfolgen würde.

Kurze Zeit nach dem letzten dieser schrecklichen Ereignisse kam Austin zu Mr. Villiers. Er war neugierig, ob es Villiers gelungen sei, entweder durch Clarke oder durch andere Quellen frische Spuren von Mrs. Herbert zu entdecken, und er stellte die Frage kurz nachdem er sich hingesetzt hatte.

"No," said Villiers, "I wrote to Clarke, but he remains obdurate, and I have tried other channels, but without any result. I can't find out what became of Helen Vaughan after she left Paul Street, but I think she must have gone abroad. But to tell the truth, Austin, I haven't paid much attention to the matter for the last few weeks; I knew poor Herries intimately, and his terrible death has been a great shock to me, a great shock."

"I can well believe it," answered Austin gravely, "you know Argentine was a friend of mine. If I remember rightly, we were speaking of him that day you came to my rooms."

"Yes; it was in connection with that house in Ashley Street, Mrs. Beaumont's house. You said something about Argentine's dining there."

"Quite so. Of course you know it was there Argentine dined the night before—before his death."

"No, I had not heard that."

"Oh, yes; the name was kept out of the papers to spare Mrs. Beaumont. Argentine was a great favourite of hers, and it is said she was in a terrible state for sometime after."

A curious look came over Villiers' face; he seemed undecided whether to speak or not. Austin began again.

"I never experienced such a feeling of horror as when I read the account of Argentine's death. I didn't understand it at the time, and I don't now. I knew him well, and it completely passes my understanding for what possible cause he—or any of the others for the matter of that—could have resolved in cold blood to die in such an awful manner. You know how men babble away each other's characters in London, you may be sure any buried scandal or hidden skeleton would have been brought to light in such a case as this; but nothing of the sort has taken place. As for the theory of mania, that is very well, of course, for the coroner's jury, but everybody knows that it's all nonsense. Suicidal mania is not small-pox."

Austin relapsed into gloomy silence. Villiers sat silent, also, watching his friend.

"Nein", sagte Villiers, "ich habe an Clarke geschrieben, aber er bleibt hartnäckig, und ich habe andere Wege versucht, aber ohne Ergebnis. Ich kann nicht herausfinden, was aus Helen Vaughan wurde, nachdem sie die Paul Street verlassen hatte, aber ich denke, sie muss ins Ausland gegangen sein. Aber um die Wahrheit zu sagen, Austin, ich habe der Sache in den letzten Wochen nicht viel Aufmerksamkeit geschenkt; ich kannte den armen Herries sehr gut, und sein schrecklicher Tod war ein großer Schock für mich, ein großer Schock".

"Ich kann es gut glauben", antwortete Austin ernsthaft, "Sie wissen, dass Argentine ein Freund von mir war. Wenn ich mich recht erinnere, sprachen wir an dem Tag, als Sie in meine Wohnung kamen, von ihm."

"Ja, es ging um das Haus in der Ashley Street, das Haus von Mrs. Beaumont. Sie sagten etwas über das Essen von Argentine dort."

"Ja, ganz recht. Natürlich wissen Sie, dass dort am Vorabend seines Todes Argentine gegessen hat."

"Nein, das hatte ich nicht gehört."

"Ach ja, der Name wurde aus den Zeitungen rausgehalten, um Mrs. Beaumont zu schonen. Argentine war ein großer Fan von ihr, und man sagt, dass sie für einige Zeit danach in einem schrecklichen Zustand war."

Ein neugieriger Blick fiel auf Villiers' Gesicht; er schien unentschlossen zu sein, ob er sprechen sollte oder nicht. Austin begann wieder.

"Noch nie habe ich ein solches Gefühl des Entsetzens verspürt, wie beim Lesen des Berichts über den Tod Argentines. Ich verstand es seinerzeit nicht, und ich verstehe es auch jetzt nicht. Ich kannte ihn gut, und es geht völlig an meinem Verständnis für die mögliche Ursache vorbei, dass er - oder irgendeiner der anderen in dieser Sache - sich kaltblütig dazu entschlossen haben könnte, auf so schreckliche Weise zu sterben. Sie wissen, wie die Männer in London die Geschichte der anderen ausplaudern, Sie können sicher sein, dass in einem solchen Fall jeder vergrabene Skandal oder jede vergrabene Leiche ans Licht gekommen wäre; aber nichts dergleichen hat sich ereignet. Was die Theorie der Manie betrifft, so ist das natürlich sehr gut für die Richterjury, aber jeder weiß, dass das alles Unsinn ist. Suizidwahn ist nicht die Windpocken".

Austin verfiel in düstere Stille. Auch Villiers saß schweigend da und beobachtete seinen Freund.

The expression of indecision still fleeted across his face; he seemed as if weighing his thoughts in the balance, and the considerations he was resolving left him still silent. Austin tried to shake off the remembrance of tragedies as hopeless and perplexed as the labyrinth of Daedalus, and began to talk in an indifferent voice of the more pleasant incidents and adventures of the season.

"That Mrs. Beaumont," he said, "of whom we were speaking, is a great success; she has taken London almost by storm. I met her the other night at Fulham's; she is really a remarkable woman."

"You have met Mrs. Beaumont?"

"Yes; she had quite a court around her. She would be called very handsome, I suppose, and yet there is something about her face which I didn't like. The features are exquisite, but the expression is strange. And all the time I was looking at her, and afterwards, when I was going home, I had a curious feeling that very expression was in some way or another familiar to me."

"You must have seen her in the Row."

"No, I am sure I never set eyes on the woman before; it is that which makes it puzzling. And to the best of my belief I have never seen anyone like her; what I felt was a kind of dim far-off memory, vague but persistent. The only sensation I can compare it to, is that odd feeling one sometimes has in a dream, when fantastic cities and wondrous lands and phantom personages appear familiar and accustomed."

Villiers nodded and glanced aimlessly round the room, possibly in search of something on which to turn the conversation. His eyes fell on an old chest somewhat like that in which the artist's strange legacy lay hid beneath a Gothic scutcheon.

"Have you written to the doctor about poor Meyrick?" he asked.

"Yes; I wrote asking for full particulars as to his illness and death. I don't expect to have an answer for another three weeks or a month. I thought I might as well inquire whether Meyrick knew an Englishwoman named Herbert, and if so, whether the doctor could give me any information about her.

Der Ausdruck der Unentschlossenheit huschte noch immer über sein Gesicht; er schien seine Gedanken in die Waagschale zu werfen, und die Überlegungen, die er anstellte, ließen ihn immer noch schweigen. Austin versuchte, die Erinnerung an Tragödien abzuschütteln, die so hoffnungslos und verwirrend waren wie das Labyrinth des Dädalus, und begann, mit gleichgültiger Stimme von den angenehmeren Ereignissen und Abenteuern der Saison zu sprechen.

"Diese Frau Beaumont", sagte er, "von der wir sprachen, ist ein großer Gewinn; sie hat London fast im Sturm erobert. Ich habe sie neulich Abend im Fulham's getroffen; sie ist wirklich eine bemerkenswerte Frau".

"Sie haben Mrs. Beaumont getroffen?"

"Ja, sie hatte einen ziemlichen Hof um sich herum. Man würde sie wohl als sehr hübsch bezeichnen, und doch ist da etwas an ihrem Gesicht, das mir nicht gefiel. Die Gesichtszüge sind exquisit, aber der Ausdruck ist seltsam. Und die ganze Zeit, in der ich sie ansah, und danach, als ich nach Hause ging, hatte ich das merkwürdige Gefühl, dass mir dieser Ausdruck auf die eine oder andere Weise vertraut war.

"Sie müssen sie wohl schon mal gesehen haben."

"Nein, ich bin mir sicher, dass ich die Frau noch nie zuvor gesehen habe; das ist es, was es rätselhaft macht. Und ich glaube, ich habe noch nie jemanden wie sie gesehen; was ich fühlte, war eine Art dunkle, vage, aber hartnäckige Erinnerung. Die einzige Empfindung, mit der ich es vergleichen kann, ist das seltsame Gefühl, das man manchmal im Traum hat, wenn fantastische Städte und wundersame Länder und Phantomgestalten vertraut und gewohnt erscheinen".

Villiers nickte und blickte ziellos durch den Raum, möglicherweise auf der Suche nach etwas, worüber sich das Gespräch drehen könnte. Sein Blick fiel auf eine alte Truhe, ähnlich der, in der das seltsame Vermächtnis des Künstlers unter einem gotischen Schild versteckt war.

"Haben Sie dem Arzt über den armen Meyrick geschrieben?", fragte er.

"Ja, ich habe geschrieben und um genaue Angaben zu seiner Krankheit und seinem Tod gebeten. Ich erwarte erst in drei Wochen oder einem Monat eine Antwort.

Ich dachte, ich könnte mich auch erkundigen, ob Meyrick eine Engländerin namens Herbert kannte, und wenn ja, ob der Arzt mir irgendwelche Informationen über sie geben könnte.

But it's very possible that Meyrick fell in with her at New York, or Mexico, or San Francisco; I have no idea as to the extent or direction of his travels."

"Yes, and it's very possible that the woman may have more than one name."

"Exactly. I wish I had thought of asking you to lend me the portrait of her which you possess. I might have enclosed it in my letter to Dr. Matthews."

"So you might; that never occurred to me. We might send it now. Hark! what are those boys calling?"

While the two men had been talking together a confused noise of shouting had been gradually growing louder. The noise rose from the eastward and swelled down Piccadilly, drawing nearer and nearer, a very torrent of sound; surging up streets usually quiet, and making every window a frame for a face, curious or excited. The cries and voices came echoing up the silent street where Villiers lived, growing more distinct as they advanced, and, as Villiers spoke, an answer rang up from the pavement:

"The West End Horrors; Another Awful Suicide; Full Details!"

Austin rushed down the stairs and bought a paper and read out the paragraph to Villiers as the uproar in the street rose and fell. The window was open and the air seemed full of noise and terror.

"Another gentleman has fallen a victim to the terrible epidemic of suicide which for the last month has prevailed in the West End. Mr. Sidney Crashaw, of Stoke House, Fulham, and King's Pomeroy, Devon, was found, after a prolonged search, hanging dead from the branch of a tree in his garden at one o'clock today. The deceased gentleman dined last night at the Carlton Club and seemed in his usual health and spirits. He left the club at about ten o'clock, and was seen walking leisurely up St. James's Street a little later. Subsequent to this his movements cannot be traced. On the discovery of the body medical aid was at once summoned, but life had evidently been long extinct. So far as is known, Mr. Crashaw had no trouble or anxiety of any kind.

Aber es ist sehr gut möglich, dass Meyrick in New York, Mexiko oder San Francisco mit ihr zusammengekommen ist; ich habe keine Ahnung, wie weit oder in welche Richtung seine Reisen gingen".

"Ja, und es ist sehr gut möglich, dass die Frau mehr als einen Namen hat."

"Ganz genau. Ich wünschte, ich hätte daran gedacht, Sie zu bitten, mir das Porträt von ihr zu leihen, das Sie besitzen. Ich hätte es meinem Brief an Dr. Matthews beigelegt."

"Das hätten Sie tun können. Das wäre mir nie in den Sinn gekommen. Wir könnten es jetzt schicken. Hören Sie! Wie rufen diese Jungs da?"

Während die beiden Männer miteinander sprachen, wurde ein wirres Schreien immer lauter. Der Lärm stieg von Osten her an und schwoll am Piccadilly an, näherte sich immer mehr an, ein gewaltiger Strom von Geräuschen, der die Straßen, die normalerweise ruhig sind, erfüllte und jedes Fenster zu einem Bilderrahmen für ein neugieriges oder aufgeregtes Gesicht machte. Die Schreie und Stimmen hallten in der stillen Straße wider, in der Villiers wohnte, und wurden im Laufe der Zeit immer deutlicher, und während Villiers sprach, ertönte eine Antwort vom Bürgersteig:

"Die Schrecken vom West End; ein weiterer schrecklicher Selbstmord; alle Einzelheiten!"

Austin eilte die Treppe hinunter, kaufte eine Zeitung und las Villiers den Absatz vor, als der Aufruhr auf der Straße zunahm und abnahm. Das Fenster war offen, und die Luft schien voller Lärm und Entsetzen zu sein.

"Ein weiterer Herr ist der schrecklichen Selbstmordepidemie zum Opfer gefallen, die seit einem Monat im West End herrscht. Mr. Sidney Crashaw aus Stoke House, Fulham, und King's Pomeroy, Devon, wurde heute um ein Uhr nach längerer Suche tot am Ast eines Baumes in seinem Garten aufgefunden. Der verstorbene Herr hat gestern Abend im Carlton Club gegessen und schien in seiner normalen gesundheitlichen Verfassung und Stimmung zu sein. Er verließ den Club gegen zehn Uhr und wurde etwas später gesehen, wie er gemächlich die St. James's Street hinaufging. Danach sind seine Wege nicht mehr nachvollziehbar. Bei der Entdeckung des Körpers wurde sofort ärztliche Hilfe gerufen, aber das Leben war offensichtlich schon lange erloschen. Soweit bekannt ist, hatte Mr. Crashaw keinerlei Probleme oder Ängste.

This painful suicide, it will be remembered, is the fifth of the kind in the last month. The authorities at Scotland Yard are unable to suggest any explanation of these terrible occurrences."

Austin put down the paper in mute horror.

"I shall leave London to-morrow," he said, "it is a city of nightmares. How awful this is, Villiers!"

Mr. Villiers was sitting by the window quietly looking out into the street. He had listened to the newspaper report attentively, and the hint of indecision was no longer on his face.

"Wait a moment, Austin," he replied, "I have made up my mind to mention a little matter that occurred last night. It stated, I think, that Crashaw was last seen alive in St. James's Street shortly after ten?"

"Yes, I think so. I will look again. Yes, you are quite right."

"Quite so. Well, I am in a position to contradict that statement at all events. Crashaw was seen after that; considerably later indeed."

"How do you know?"

"Because I happened to see Crashaw myself at about two o'clock this morning."

"You saw Crashaw? You, Villiers?"

"Yes, I saw him quite distinctly; indeed, there were but a few feet between us."

"Where, in Heaven's name, did you see him?"

"Not far from here. I saw him in Ashley Street. He was just leaving a house."

"Did you notice what house it was?"

"Yes. It was Mrs. Beaumont's."

"Villiers! Think what you are saying; there must be some mistake. How could Crashaw be in Mrs. Beaumont's house at two o'clock in the morning? Surely, surely, you must have been dreaming, Villiers; you were always rather fanciful."

"No; I was wide awake enough. Even if I had been dreaming as you say, what I saw would have roused me effectually."

"What you saw? What did you see? Was there anything strange about Crashaw? But I can't believe it; it is impossible."

Dieser schreckliche Selbstmord, so wird man sich erinnern, ist der fünfte dieser Art im letzten Monat. Die Behörden von Scotland Yard sind nicht in der Lage, eine Erklärung für diese schrecklichen Vorfälle zu finden".

Austin legte das Papier mit stummem Entsetzen nieder.

"Ich werde London morgen verlassen", sagte er, "es ist eine Stadt der Albträume. Wie schrecklich das ist, Villiers!"

Mr. Villiers saß am Fenster und schaute ruhig auf die Straße. Er hatte dem Zeitungsbericht aufmerksam zugehört, und ein Hauch von Unentschlossenheit war nicht mehr in seinem Gesicht zu erkennen.

"Warten Sie einen Moment, Austin", antwortete er, "ich habe mich entschlossen, eine kleine Angelegenheit zu erwähnen, die sich gestern Abend ereignet hat. Darin hieß es, glaube ich, dass Crashaw kurz nach zehn Uhr zuletzt lebend in der St. James's Street gesehen wurde?"

"Ja, ich glaube schon. Ich werde noch einmal nachsehen. Ja, Sie haben recht."

"Ganz recht. Nun, ich kann dieser Aussage auf jeden Fall widersprechen. Crashaw wurde danach gesehen, und zwar erheblich später."

"Woher wissen Sie das?"

"Weil ich Crashaw heute Morgen um zwei Uhr selbst gesehen habe."

"Sie haben Crashaw gesehen? Sie, Villiers?"

"Ja, ich habe ihn ganz deutlich gesehen. Es waren nur ein paar Meter zwischen uns."

"Wo, in Gottes Namen, haben Sie ihn gesehen?"

"Nicht weit von hier. Ich sah ihn in der Ashley Street. Er wollte gerade ein Haus verlassen."

"Haben Sie bemerkt, welches Haus es war?"

"Ja. Es war das von Mrs. Beaumont.

"Villiers! Überlegen Sie sich, was Sie da sagen; das muss ein Irrtum sein. Wie kann Crashaw um zwei Uhr morgens in Mrs. Beaumonts Haus gewesen sein? Sie haben sicher geträumt, Villiers, Sie waren schon immer sehr fantasievoll."

"Nein, ich war hellwach genug. Selbst wenn ich geträumt hätte, wie Sie sagen, hätte mich das, was ich gesehen habe, nachhaltig geweckt."

"Was Sie gesehen haben? Was haben Sie gesehen? War an Crashaw irgendetwas seltsam? Aber ich kann es nicht glauben; es ist unmöglich."

"Well, if you like I will tell you what I saw, or if you please, what I think I saw, and you can judge for yourself."

"Very good, Villiers."

The noise and clamour of the street had died away, though now and then the sound of shouting still came from the distance, and the dull, leaden silence seemed like the quiet after an earthquake or a storm. Villiers turned from the window and began speaking.

"I was at a house near Regent's Park last night, and when I came away the fancy took me to walk home instead of taking a hansom. It was a clear pleasant night enough, and after a few minutes I had the streets pretty much to myself. It's a curious thing, Austin, to be alone in London at night, the gas-lamps stretching away in perspective, and the dead silence, and then perhaps the rush and clatter of a hansom on the stones, and the fire starting up under the horse's hoofs. I walked along pretty briskly, for I was feeling a little tired of being out in the night, and as the clocks were striking two I turned down Ashley Street, which, you know, is on my way. It was quieter than ever there, and the lamps were fewer; altogether, it looked as dark and gloomy as a forest in winter. I had done about half the length of the street when I heard a door closed very softly, and naturally I looked up to see who was abroad like myself at such an hour. As it happens, there is a street lamp close to the house in question, and I saw a man standing on the step. He had just shut the door and his face was towards me, and I recognized Crashaw directly. I never knew him to speak to, but I had often seen him, and I am positive that I was not mistaken in my man. I looked into his face for a moment, and then—I will confess the truth—I set off at a good run, and kept it up till I was within my own door."

"Why?"

"Why? Because it made my blood run cold to see that man's face. I could never have supposed that such an infernal medley of passions could have glared out of any human eyes; I almost fainted as I looked. I knew I had looked into the eyes of a lost soul, Austin, the man's outward form remained, but all hell was within it.

94

"Nun, wenn Sie wollen, erzähle ich Ihnen, was ich gesehen habe, oder wenn Sie wollen, was ich glaube, gesehen zu haben, und Sie können selbst urteilen."

"Sehr gut, Villiers."

Der Lärm und das Geschrei auf der Straße waren verstummt, obwohl ab und zu immer noch Schreie aus der Ferne zu hören waren und die dumpfe, bleierne Stille wie die Ruhe nach einem Erdbeben oder Sturm erschien. Villiers wendete sich vom Fenster weg und begann zu sprechen.

"Ich war gestern Abend in einem Haus in der Nähe des Regent's Park, und als ich wegging, hatte ich das Verlangen, nach Hause zu spazieren, anstatt die Hansom-Droschke zu nehmen. Es war eine klare, angenehme Nacht, und nach ein paar Minuten hatte ich die Straßen ziemlich für mich allein. Es ist schon seltsam, Austin, nachts allein in London zu sein, die Gaslampen, die sich perspektivisch dehnen, und die Totenstille, und dann vielleicht das Rauschen und Klappern eines Hansoms auf den Steinen und das Feuer, das unter den Hufen des Pferdes entsteht. Ich lief ziemlich zügig, denn ich war es ein wenig leid, in der Nacht unterwegs zu sein, und als die Uhren zweimal schlugen, bog ich in die Ashley Street ein, die, wie Sie wissen, auf meinem Weg liegt. Dort war es ruhiger als je zuvor, und die Lampen waren weniger; insgesamt sah es so dunkel und düster aus wie in einem Winterwald. Ich hatte etwa die Hälfte der Straße zurückgelegt, als ich hörte, dass sich eine Tür sehr leise schloss, und natürlich schaute ich auf, um zu sehen, wer sich wie ich zu dieser Stunde im Freien aufhielt. Zufällig steht in der Nähe des betreffenden Hauses eine Straßenlampe, und ich sah einen Mann auf der Stufe stehen. Er hatte gerade die Tür geschlossen, sein Gesicht war mir zugewandt, und ich erkannte Crashaw direkt. Ich kannte ihn nicht, aber ich hatte ihn oft gesehen, und ich bin sicher, dass ich mich in meinem Gegenüber nicht geirrt habe. Ich schaute ihm einen Augenblick ins Gesicht, und dann werde ich die Wahrheit gestehen - ich machte mich auf den Weg mit einem flotten Lauf und hielt es durch, bis ich vor meiner eigenen Tür war."

"Warum?"

"Warum? Weil es mir das Blut in den Adern gefrieren ließ, das Gesicht dieses Mannes zu sehen. Ich hätte nie annehmen können, dass ein solch infernalisches Gemisch von Leidenschaften aus den Augen eines Menschen hätte aufblitzen können; ich wurde beim Anblick fast ohnmächtig. Ich wusste, dass ich in die Augen einer verlorenen Seele geschaut hatte, Austin, die äußere Gestalt des Mannes blieb erhalten, aber die Hölle war in ihr.

Furious lust, and hate that was like fire, and the loss of all hope and horror that seemed to shriek aloud to the night, though his teeth were shut; and the utter blackness of despair. I am sure that he did not see me; he saw nothing that you or I can see, but what he saw I hope we never shall. I do not know when he died; I suppose in an hour, or perhaps two, but when I passed down Ashley Street and heard the closing door, that man no longer belonged to this world; it was a devil's face I looked upon."

There was an interval of silence in the room when Villiers ceased speaking. The light was failing, and all the tumult of an hour ago was quite hushed. Austin had bent his head at the close of the story, and his hand covered his eyes.

"What can it mean?" he said at length.

"Who knows, Austin, who knows? It's a black business, but I think we had better keep it to ourselves, for the present at any rate. I will see if I cannot learn anything about that house through private channels of information, and if I do light upon anything I will let you know."

Leidenschaftliche Wollust und Hass, der wie Feuer war, und der Schwund aller Zuversicht und der Schrecken, der laut in die Nacht zu schreien schien, obwohl seine Zähne geschlossen waren, und die völlige Schwärze der Verzweiflung. Ich bin sicher, dass er mich nicht gesehen hat; er sah nichts, was Sie oder ich sehen können, aber was er sah, werden wir hoffentlich nie sehen. Ich weiß nicht, wann er gestorben ist; ich nehme an, in einer oder vielleicht zwei Stunden, aber als ich an der Ashley Street vorbeikam und die sich schließende Tür hörte, gehörte dieser Mann nicht mehr zu dieser Welt; es war ein teuflisches Gesicht, das ich sah.

Es herrschte eine Zeit der Stille im Raum, als Villiers aufhörte zu sprechen. Das Licht wurde schwächer, und der ganze Tumult von vor einer Stunde war ganz still. Austin hatte am Ende der Geschichte den Kopf gebeugt, und seine Hand bedeckte seine Augen.

"Was kann das bedeuten?", sagte er ausführlich.

"Wer weiß das schon, Austin, wer weiß das schon? Es ist ein schwarzes Metier, aber ich denke, wir sollten es besser für uns behalten, jedenfalls im Moment. Ich werde sehen, ob ich über private Informationskanäle etwas über dieses Haus erfahren kann, und wenn ich etwas weiß, werde ich es Ihnen mitteilen.

VII. THE ENCOUNTER IN SOHO

Three weeks later Austin received a note from Villiers, asking him to call either that afternoon or the next. He chose the nearer date, and found Villiers sitting as usual by the window, apparently lost in meditation on the drowsy traffic of the street. There was a bamboo table by his side, a fantastic thing, enriched with gilding and queer painted scenes, and on it lay a little pile of papers arranged and docketed as neatly as anything in Mr. Clarke's office.

"Well, Villiers, have you made any discoveries in the last three weeks?"

"I think so; I have here one or two memoranda which struck me as singular, and there is a statement to which I shall call your attention."

"And these documents relate to Mrs. Beaumont? It was really Crashaw whom you saw that night standing on the doorstep of the house in Ashley Street?"

"As to that matter my belief remains unchanged, but neither my inquiries nor their results have any special relation to Crashaw. But my investigations have had a strange issue. I have found out who Mrs. Beaumont is!"

"Who is she? In what way do you mean?"

"I mean that you and I know her better under another name."

"What name is that?"

"Herbert."

"Herbert!" Austin repeated the word, dazed with astonishment.

"Yes, Mrs. Herbert of Paul Street, Helen Vaughan of earlier adventures unknown to me. You had reason to recognize the expression of her face; when you go home look at the face in Meyrick's book of horrors, and you will know the sources of your recollection."

"And you have proof of this?"

"Yes, the best of proof; I have seen Mrs. Beaumont, or shall we say Mrs. Herbert?"

"Where did you see her?"

VII. Die Begegnung in Soho

Drei Wochen später erhielt Austin ein Schreiben von Villiers, in dem er gebeten wurde, entweder an diesem oder am nächsten Nachmittag vorbeizukommen. Er wählte den nächstgelegenen Termin und fand Villiers wie üblich am Fenster sitzend vor, scheinbar verloren in der Meditation über den müden Verkehr auf der Straße. Neben ihm stand ein Bambustisch, ein fantastisches Ding, angereichert mit Vergoldungen und merkwürdig gemalten Szenen, und darauf lag ein kleiner Stapel von Papieren, die so ordentlich angeordnet und angedockt waren wie alles andere in Mr. Clarkes Büro.

"Nun, Villiers, haben Sie in den letzten drei Wochen etwas entdeckt?"

"Ich glaube schon. Ich habe hier ein oder zwei Memoranden, die mir als einzigartig erschienen, und es gibt eine Erklärung, auf die ich Sie aufmerksam machen möchte."

"Und diese Dokumente beziehen sich auf Frau Beaumont? Es war wirklich Crashaw, den Sie an diesem Abend vor der Tür des Hauses in der Ashley Street stehen sahen?"

"Was das betrifft, so bleibt meine Überzeugung unverändert, aber weder meine Nachforschungen noch ihre Ergebnisse haben einen besonderen Bezug zu Crashaw. Aber meine Untersuchungen hatten ein seltsames Thema. Ich habe herausgefunden, wer Mrs. Beaumont ist!"

"Wer ist sie? Wie meinen Sie das?"

"Ich meine, dass wir sie unter einem anderen Namen besser kennen."

"Welcher Name ist das?

"Herbert."

"Herbert!" Austin wiederholte das Wort, benommen vor Erstaunen.

"Ja, Mrs. Herbert aus der Paul Street, Helen Vaughan von früheren, mir nicht bekannten Abenteuern. Sie hatten Grund, den Gesichtsausdruck der Helen Vaughan zu erkennen; wenn Sie nach Hause gehen, sehen Sie sich das Gesicht in Meyricks Buch des Schreckens an, und Sie werden die Ursachen Ihrer Erinnerung kennen.

"Und dafür haben Sie Beweise?"

"Ja, der beste Beweis. Ich habe Mrs. Beaumont gesehen, oder sagen wir Mrs. Herbert?"

"Wo haben Sie sie gesehen?"

"Hardly in a place where you would expect to see a lady who lives in Ashley Street, Piccadilly. I saw her entering a house in one of the meanest and most disreputable streets in Soho. In fact, I had made an appointment, though not with her, and she was precise to both time and place."

"All this seems very wonderful, but I cannot call it incredible. You must remember, Villiers, that I have seen this woman, in the ordinary adventure of London society, talking and laughing, and sipping her coffee in a commonplace drawing-room with commonplace people. But you know what you are saying."

"I do; I have not allowed myself to be led by surmises or fancies. It was with no thought of finding Helen Vaughan that I searched for Mrs. Beaumont in the dark waters of the life of London, but such has been the issue."

"You must have been in strange places, Villiers."

"Yes, I have been in very strange places. It would have been useless, you know, to go to Ashley Street, and ask Mrs. Beaumont to give me a short sketch of her previous history. No; assuming, as I had to assume, that her record was not of the cleanest, it would be pretty certain that at some previous time she must have moved in circles not quite so refined as her present ones. If you see mud at the top of a stream, you may be sure that it was once at the bottom. I went to the bottom. I have always been fond of diving into Queer Street for my amusement, and I found my knowledge of that locality and its inhabitants very useful. It is, perhaps, needless to say that my friends had never heard the name of Beaumont, and as I had never seen the lady, and was quite unable to describe her, I had to set to work in an indirect way. The people there know me; I have been able to do some of them a service now and again, so they made no difficulty about giving their information; they were aware I had no communication direct or indirect with Scotland Yard. I had to cast out a good many lines, though, before I got what I wanted, and when I landed the fish I did not for a moment suppose it was my fish. But I listened to what I was told out of a constitutional liking for useless information, and I found myself in possession of a very curious story, though, as I imagined, not the story I was looking for.

100

"Kaum ein Ort, an dem man eine Dame erwartet, die in der Ashley Street, Piccadilly, wohnt. Ich sah, wie sie ein Haus in einer der schäbigsten und anrüchigsten Straßen in Soho betrat. Tatsächlich hatte ich eine Verabredung getroffen, wenn auch nicht mit ihr, und sie war sowohl zeitlich als auch örtlich präzise.

"All dies scheint sehr verwunderlich, aber ich kann es nicht als unglaublich bezeichnen. Sie müssen sich erinnern, Villiers, dass ich diese Frau im normalen Ambiente der Londoner Gesellschaft gesehen habe, wie sie sprach und lachte und in einem gewöhnlichen Salon mit gewöhnlichen Menschen an ihrem Kaffee nippte. Aber Sie wissen, was Sie da sagen."

"Das tue ich; ich habe mich nicht von Vermutungen oder Fantasien leiten lassen. Ohne daran zu denken, Helen Vaughan zu finden, suchte ich in den dunklen Gewässern des Londoner Lebens nach Mrs. Beaumont, aber das war das Problem.

"Sie müssen an seltsamen Orten gewesen sein, Villiers."

"Ja, ich war an sehr seltsamen Orten. Es wäre sinnlos gewesen, in die Ashley Street zu gehen und Mrs. Beaumont zu bitten, mir eine kurze Skizze ihrer Vorgeschichte zu geben. Nein; angenommen, wie ich vermuten musste, dass ihre Akte nicht von der saubersten war, wäre es ziemlich sicher, dass sie sich zu irgendeiner früheren Zeit in nicht ganz so feinen Kreisen bewegt haben muss wie ihre heutigen. Wenn Sie am oberen Ende eines Baches Schlamm sehen, können Sie sicher sein, dass er sich einmal am unteren Ende befand. Ich bin auf den Grund gegangen. Ich bin schon immer gern in die Queer Street zu meinem Vergnügen eingetaucht, und ich fand mein Wissen über diesen Ort und seine Bewohner sehr nützlich. Es ist vielleicht überflüssig zu sagen, dass meine Freunde den Namen Beaumont nie gehört hatten, und da ich die Dame nie gesehen hatte und nicht in der Lage war, sie zu beschreiben, musste ich mich auf indirekte Weise an die Aufgabe machen. Die Leute dort kennen mich; ich konnte einigen von ihnen hin und wieder einen Dienst erweisen, so dass sie keine Schwierigkeiten hatten, mir Auskünfte zu erteilen; sie wussten, dass ich weder direkt noch indirekt mit Scotland Yard in Verbindung stand. Ich musste allerdings eine ganze Reihe von Angelhaken auswerfen, bevor ich bekam, was ich wollte, und als ich den Fisch an Land zog, nahm ich für einen Moment nicht an, dass es mein Fisch war. Aber ich hörte, was man mir aus einer Vorliebe für überflüssige Hinweise erzählte, und ich fand mich im Besitz einer sehr merkwürdigen Geschichte, die jedoch, wie ich mir einbildete, nicht die Geschichte war, nach der ich suchte.

It was to this effect. Some five or six years ago, a woman named Raymond suddenly made her appearance in the neighbourhood to which I am referring. She was described to me as being quite young, probably not more than seventeen or eighteen, very handsome, and looking as if she came from the country. I should be wrong in saying that she found her level in going to this particular quarter, or associating with these people, for from what I was told, I should think the worst den in London far too good for her. The person from whom I got my information, as you may suppose, no great Puritan, shuddered and grew sick in telling me of the nameless infamies which were laid to her charge. After living there for a year, or perhaps a little more, she disappeared as suddenly as she came, and they saw nothing of her till about the time of the Paul Street case. At first she came to her old haunts only occasionally, then more frequently, and finally took up her abode there as before, and remained for six or eight months. It's of no use my going into details as to the life that woman led; if you want particulars you can look at Meyrick's legacy. Those designs were not drawn from his imagination. She again disappeared, and the people of the place saw nothing of her till a few months ago. My informant told me that she had taken some rooms in a house which he pointed out, and these rooms she was in the habit of visiting two or three times a week and always at ten in the morning. I was led to expect that one of these visits would be paid on a certain day about a week ago, and I accordingly managed to be on the look-out in company with my cicerone at a quarter to ten, and the hour and the lady came with equal punctuality. My friend and I were standing under an archway, a little way back from the street, but she saw us, and gave me a glance that I shall be long in forgetting. That look was quite enough for me; I knew Miss Raymond to be Mrs. Herbert; as for Mrs. Beaumont she had quite gone out of my head. She went into the house, and I watched it till four o'clock, when she came out, and then I followed her. It was a long chase, and I had to be very careful to keep a long way in the background, and yet not lose sight of the woman. She took me down to the Strand, and then to Westminster, and then up St. James's Street, and along Piccadilly.

Es war in diesem Fall so. Vor etwa fünf oder sechs Jahren tauchte plötzlich eine Frau namens Raymond in dem Viertel auf, auf das ich mich beziehe. Man beschrieb sie mir als ziemlich jung, wahrscheinlich nicht mehr als siebzehn oder achtzehn, sehr gut aussehend und als käme sie vom Land. Ich würde mich irren, wenn ich sage, dass sie ihr Niveau darin fand, in dieses spezielle Viertel zu gehen oder mit diesen Leuten zu verkehren, denn nach dem, was mir gesagt wurde, scheint mir die schlimmste Höhle in London viel zu gut für sie. Die Person, von der ich meine Informationen erhielt, wie Sie vielleicht vermuten, war kein großer Puritaner, schauderte und wurde krank, als sie mir von den namenlosen Schandtaten erzählte, die man ihr anlastete. Nachdem sie ein Jahr oder vielleicht etwas länger dort gelebt hatte, verschwand sie so plötzlich, wie sie gekommen war, und man sah nichts von ihr, bis etwa zur Zeit des Vorfalls in der Paul Street. Zuerst kam sie nur gelegentlich zu ihren alten Treffpunkten, dann immer öfter, und schließlich nahm sie dort ihren Wohnsitz wie zuvor und blieb sechs oder acht Monate. Es bringt nichts, wenn ich auf Einzelheiten des Lebens dieser Frau eingehe; wenn Sie Einzelheiten erfahren möchten, können Sie sich Meyricks Vermächtnis ansehen. Diese Entwürfe sind nicht seiner Fantasie entsprungen. Sie verschwand wieder, und die Leute des Ortes sahen bis vor ein paar Monaten nichts von ihr. Mein Informant erzählte mir, dass sie einige Zimmer in einem Haus gemietet hatte, auf das er hinwies, und diese Zimmer besuchte sie gewöhnlich zwei- oder dreimal pro Woche und immer um zehn Uhr morgens. Man ließ mich vermuten, dass einer dieser Besuche an einem bestimmten Tag vor etwa einer Woche stattfinden würde, und so gelang es mir, um viertel vor zehn Uhr mit meinem Begleiter auf der Lauer zu liegen, und so kamen die Stunde und die Dame ebenso pünktlich. Mein Freund und ich standen unter einem Torbogen, ein Stück zurück von der Straße, aber sie hat uns gesehen und mir einen Blick zugeworfen, den ich lange Zeit nicht vergessen werde. Dieser Blick reichte mir völlig aus; ich wusste, dass Miss Raymond Mrs. Herbert war; was Mrs. Beaumont betraf, so war sie mir nicht mehr ganz geheuer. Sie ging in das Haus, und ich beobachtete es bis vier Uhr, als sie wieder herauskam, und dann folgte ich ihr. Es war eine lange Verfolgungsjagd, und ich musste sehr vorsichtig sein, um mich weit im Hintergrund zu halten und trotzdem die Frau nicht aus den Augen zu verlieren. Sie führte mich zum Ufer hinunter, dann nach Westminster, dann die St. James's Street hinauf und den Piccadilly entlang.

I felt queerish when I saw her turn up Ashley Street; the thought that Mrs. Herbert was Mrs. Beaumont came into my mind, but it seemed too impossible to be true. I waited at the corner, keeping my eye on her all the time, and I took particular care to note the house at which she stopped. It was the house with the gay curtains, the home of flowers, the house out of which Crashaw came the night he hanged himself in his . I was just going away with my discovery, when I saw an empty carriage come round and draw up in front of the house, and I came to the conclusion that Mrs. Herbert was going out for a drive, and I was right. There, as it happened, I met a man I know, and we stood talking together a little distance from the carriage-way, to which I had my back. We had not been there for ten minutes when my friend took off his hat, and I glanced round and saw the lady I had been following all day. 'Who is that?' I said, and his answer was 'Mrs. Beaumont; lives in Ashley Street.' Of course there could be no doubt after that. I don't know whether she saw me, but I don't think she did. I went home at once, and, on consideration, I thought that I had a sufficiently good case with which to go to Clarke."

"Why to Clarke?"

"Because I am sure that Clarke is in possession of facts about this woman, facts of which I know nothing."

"Well, what then?"

Mr. Villiers leaned back in his chair and looked reflectively at Austin for a moment before he answered:

"My idea was that Clarke and I should call on Mrs. Beaumont."

"You would never go into such a house as that? No, no, Villiers, you cannot do it. Besides, consider; what result..."

"I will tell you soon. But I was going to say that my information does not end here; it has been completed in an extraordinary manner.

"Look at this neat little packet of manuscript; it is paginated, you see, and I have indulged in the civil coquetry of a ribbon of red tape. It has almost a legal air, hasn't it? Run your eye over it, Austin. It is an account of the entertainment Mrs. Beaumont provided for her choicer guests.

Ich fühlte mich seltsam, als ich sah, wie sie in die Ashley Street einbog; der Gedanke, dass Mrs. Herbert Mrs. Beaumont war, kam mir in den Sinn, aber es schien zu unmöglich, um wahr zu sein. Ich wartete an der Ecke und behielt sie die ganze Zeit im Auge, und ich achtete besonders darauf, das Haus zu notieren, an dem sie anhielt. Es war das Haus mit den fröhlichen Vorhängen, das Haus der Blumen, das Haus, aus dem Crashaw in der Nacht herauskam, in dem er sich aufhängte. Ich war gerade dabei, mit dieser Entdeckung zu verschwinden, als ich sah, wie eine leere Kutsche vor dem Haus vorfuhr, und ich kam zu dem Schluss, dass Frau Herbert eine Spazierfahrt machen wollte, und ich hatte Recht. Dort traf ich zufällig einen Mann, den ich kenne, und wir standen ein wenig abseits der Fahrbahn miteinander im Gespräch, von der aus ich den Weg nach Hause zurücklegte. Wir waren noch keine zehn Minuten da, als mein Freund seinen Hut abnahm, und ich blickte mich um und sah die Dame, der ich den ganzen Tag gefolgt war. "Wer ist das? fragte ich, und seine Antwort war: "Mrs. Beaumont; lebt in der Ashley Street. Natürlich konnte es danach keinen Zweifel mehr geben. Ich weiß nicht, ob sie mich gesehen hat, aber ich glaube nicht, dass sie es getan hat. Ich ging sofort nach Hause und dachte, dass ich einen ausreichend guten Beweis hatte, um zu Clarke zu gehen.

"Warum zu Clarke?"

"Weil ich sicher bin, dass Clarke im Besitz von Fakten über diese Frau ist, von denen ich nichts weiß."

"Nun, was dann?"

Mr. Villiers lehnte sich in seinem Stuhl zurück und schaute Austin einen Moment lang nachdenklich an, bevor er antwortete:

"Meine Idee war, dass Clarke und ich Mrs. Beaumont aufsuchen sollten."

"Sie werden niemals in ein solches Haus gehen? Nein, nein, Villiers, das können Sie nicht tun. Außerdem, bedenken Sie, welches Ergebnis..."

"Ich werde es Ihnen bald mitteilen. Aber ich wollte sagen, dass meine Informationen hier nicht enden; sie sind auf außergewöhnliche Weise vervollständigt worden.

"Sehen Sie sich dieses hübsche kleine Päckchen mit dem Manuskript an; es ist paginiert, sehen Sie, und ich habe mich der bürgerlichen Koketterie eines roten Bändels hingegeben. Es hat fast schon etwas Juristisches, nicht wahr? Sehen Sie es sich an, Austin. Es ist ein Bericht über die Unterhaltung, die Mrs. Beaumont ihren erlesenen Gästen bot.

The man who wrote this escaped with his life, but I do not think he will live many years. The doctors tell him he must have sustained some severe shock to the nerves."

Austin took the manuscript, but never read it. Opening the neat pages at haphazard his eye was caught by a word and a phrase that followed it; and, sick at heart, with white lips and a cold sweat pouring like water from his temples, he flung the paper down.

"Take it away, Villiers, never speak of this again. Are you made of stone, man? Why, the dread and horror of death itself, the thoughts of the man who stands in the keen morning air on the black platform, bound, the bell tolling in his ears, and waits for the harsh rattle of the bolt, are as nothing compared to this. I will not read it; I should never sleep again."

"Very good. I can fancy what you saw. Yes; it is horrible enough; but after all, it is an old story, an old mystery played in our day, and in dim London streets instead of amidst the vineyards and the olive gardens. We know what happened to those who chanced to meet the Great God Pan, and those who are wise know that all symbols are symbols of something, not of nothing. It was, indeed, an exquisite symbol beneath which men long ago veiled their knowledge of the most awful, most secret forces which lie at the heart of all things; forces before which the souls of men must wither and die and blacken, as their bodies blacken under the electric current. Such forces cannot be named, cannot be spoken, cannot be imagined except under a veil and a symbol, a symbol to the most of us appearing a quaint, poetic fancy, to some a foolish tale. But you and I, at all events, have known something of the terror that may dwell in the secret place of life, manifested under human flesh; that which is without form taking to itself a form. Oh, Austin, how can it be? How is it that the very sunlight does not turn to blackness before this thing, the hard earth melt and boil beneath such a burden?"

Villiers was pacing up and down the room, and the beads of sweat stood out on his forehead. Austin sat silent for a while, but Villiers saw him make a sign upon his breast.

"I say again, Villiers, you will surely never enter such a house as that? You would never pass out alive."

Der Mann, der dies geschrieben hat, ist mit seinem Leben davongekommen, aber ich glaube nicht, dass er noch viele Jahre leben wird. Die Ärzte sagen ihm, dass er einen schweren Nervenschock erlitten haben muss".

Austin nahm das Manuskript entgegen, aber er las es gar nicht. Als er die schönen Seiten zufällig aufschlug, fiel ihm ein Wort und ein Satz auf, der darauf folgte, und er schleuderte das Werk krank im Herzen, mit weißen Lippen und kaltem Schweiß, der wie Wasser aus seinen Schläfen quoll, zu Boden.

"Nimm es weg, Villiers, sprich nie wieder davon. Sind Sie aus Stein, Mann? Warum, die Angst und der Schrecken des Todes selbst, die Gedanken des Mannes, der gefesselt in der Morgenluft auf dem schwarzen Podest steht, mit der Glocke in den Ohren, und auf das harte Klappern des Riegels wartet, sind nichts im Vergleich dazu. Ich werde es nicht lesen; ich würde nie wieder schlafen".

"Sehr gut. Ich kann mir vorstellen, was Sie gesehen haben. Ja, es ist schrecklich genug, aber schließlich ist es eine alte Geschichte, ein altes Mysterium, das in unserer Zeit und in den düsteren Straßen Londons gespielt wird, statt inmitten der Weinberge und Olivengärten. Wir wissen, was mit denen passiert ist, die zufällig dem großen Gott Pan begegnet sind, und die Weisen wissen, dass alle Symbole Zeichen für etwas sind, nicht für nichts. Es war in der Tat ein exquisites Symbol, unter dem die Menschen vor langer Zeit ihr Wissen über die schrecklichsten, geheimsten Mächte, die im Herzen aller Dinge liegen, verschleiert haben; Mächte, vor denen die Seelen der Menschen verwelken und sterben und schwarz werden müssen, so wie ihre Körper unter dem elektrischen Strom schwarz werden. Solche Mächte kann man nicht benennen, nicht aussprechen und sich nicht vorstellen, außer unter einem Schleier und einem Symbol, einem Symbol, das den meisten von uns als eine malerische, poetische Phantasie, einigen als eine törichte Geschichte erscheint. Aber Sie und ich haben auf jeden Fall etwas von dem Schrecken kennen gelernt, der an dem geheimen Ort des Lebens wohnen mag, der sich unter dem menschlichen Fleisch manifestiert; das, was ohne Form ist, nimmt eine Form an. Oh, Austin, wie kann das sein? Wie kann es sein, dass sich das Sonnenlicht nicht in Dunkelheit verwandelt, bevor diese Sache, die feste Erde, unter einer solchen Last schmilzt und kocht?

Villiers lief im Raum auf und ab, und die Schweißperlen hoben sich von seiner Stirn ab. Austin saß eine Weile still, aber Villiers sah, wie er ein Zeichen auf seiner Brust machte.

"Ich wiederhole: Villiers, Sie werden doch niemals ein solches Haus betreten? Sie würden niemals lebend rauskommen."

"Yes, Austin, I shall go out alive—I, and Clarke with me."

"What do you mean? You cannot, you would not dare..."

"Wait a moment. The air was very pleasant and fresh this morning; there was a breeze blowing, even through this dull street, and I thought I would take a walk. Piccadilly stretched before me a clear, bright vista, and the sun flashed on the carriages and on the quivering leaves in the park. It was a joyous morning, and men and women looked at the sky and smiled as they went about their work or their pleasure, and the wind blew as blithely as upon the meadows and the scented gorse. But somehow or other I got out of the bustle and the gaiety, and found myself walking slowly along a quiet, dull street, where there seemed to be no sunshine and no air, and where the few foot-passengers loitered as they walked, and hung indecisively about corners and archways. I walked along, hardly knowing where I was going or what I did there, but feeling impelled, as one sometimes is, to explore still further, with a vague idea of reaching some unknown goal. Thus I forged up the street, noting the small traffic of the milk-shop, and wondering at the incongruous medley of penny pipes, black tobacco, sweets, newspapers, and comic songs which here and there jostled one another in the short compass of a single window. I think it was a cold shudder that suddenly passed through me that first told me that I had found what I wanted. I looked up from the pavement and stopped before a dusty shop, above which the lettering had faded, where the red bricks of two hundred years ago had grimed to black; where the windows had gathered to themselves the dust of winters innumerable. I saw what I required; but I think it was five minutes before I had steadied myself and could walk in and ask for it in a cool voice and with a calm face. I think there must even then have been a tremor in my words, for the old man who came out of the back parlour, and fumbled slowly amongst his goods, looked oddly at me as he tied the parcel. I paid what he asked, and stood leaning by the counter, with a strange reluctance to take up my goods and go.

"Ja, Austin, ich werde lebendig rausgehen - ich und Clarke mit mir."

"Was meinen Sie damit? Sie können nicht, Sie würden es nicht wagen..."

"Warten Sie einen Moment. Die Luft war heute Morgen sehr angenehm und frisch; es wehte eine Brise, sogar durch diese öde Straße, und ich dachte, ich könnte einen Spaziergang machen. Piccadilly bot mir eine klare, helle Aussicht, und die Sonne blitzte auf die Kutschen und auf die wackelnden Blätter im Park. Es war ein fröhlicher Morgen, und Männer und Frauen schauten in den Himmel und lächelten, während sie ihrer Arbeit oder ihrem Vergnügen nachgingen, und der Wind wehte so heiter und munter über die Wiesen und den duftenden Ginster. Aber irgendwie kam ich aus dem Trubel und der Heiterkeit heraus und fand mich auf einer ruhigen, langweiligen Straße wieder, wo es keinen Sonnenschein und keine Luft zu geben schien und wo die wenigen Passanten herumlungerten und unentschlossen über Ecken und Torbögen hingen. Ich ging weiter und wusste kaum, wohin ich ging oder was ich dort tat, aber ich fühlte mich gezwungen, wie es manchmal der Fall ist, noch weiter zu gehen, mit einer vagen Vorstellung, ein unbekanntes Ziel zu erreichen. So kam ich die Straße hinauf, bemerkte den geringen Publikumsverkehr des Milchladens und wunderte mich über das unpassende Gewirr von Pfeifen, schwarzem Tabak, Süßigkeiten, Zeitungen und komischen Liedern, die sich hier und da in dem kurzen Rahmen eines einzigen Fensters aneinander drängten. Ich glaube, es war ein kalter Schauder, der plötzlich über mich hereinbrach und mir als erstes sagte, dass ich gefunden hatte, was ich wollte. Ich blickte vom Bürgersteig auf und blieb vor einem staubigen Laden stehen, über dem die Schriftzüge verblasst waren, wo die roten Ziegelsteine von vor zweihundert Jahren zu schwarz gefärbt waren; wo die Fenster den Staub der unzähligen Winter in sich gesammelt hatten. Ich sah, was ich brauchte; aber ich glaube, es dauerte fünf Minuten, bis ich mich beruhigt hatte und mit kühler Stimme und ruhigem Gesicht hineingehen und darum bitten konnte. Ich glaube, selbst dann muss ein Zittern in meinen Worten gewesen sein, denn der alte Mann, der aus dem hinteren Raum herauskam und langsam zwischen seinen Sachen herumfummelte, sah mich seltsam an, als er das Paket zusammengebunden hat. Ich bezahlte, was er verlangte, und stellte mich an den Tresen, mit einer merkwürdigen Abneigung, meine Waren in Empfang zu nehmen und zu gehen.

I asked about the business, and learnt that trade was bad and the profits cut down sadly; but then the street was not what it was before traffic had been diverted, but that was done forty years ago, 'just before my father died,' he said. I got away at last, and walked along sharply; it was a dismal street indeed, and I was glad to return to the bustle and the noise. Would you like to see my purchase?"

Austin said nothing, but nodded his head slightly; he still looked white and sick. Villiers pulled out a drawer in the bamboo table, and showed Austin a long coil of cord, hard and new; and at one end was a running noose.

"It is the best hempen cord," said Villiers, "just as it used to be made for the old trade, the man told me. Not an inch of jute from end to end."

Austin set his teeth hard, and stared at Villiers, growing whiter as he looked.

"You would not do it," he murmured at last. "You would not have blood on your hands. My God!" he exclaimed, with sudden vehemence, "you cannot mean this, Villiers, that you will make yourself a hangman?"

"No. I shall offer a choice, and leave Helen Vaughan alone with this cord in a locked room for fifteen minutes. If when we go in it is not done, I shall call the nearest policeman. That is all."

"I must go now. I cannot stay here any longer; I cannot bear this. Good-night."

"Good-night, Austin."

The door shut, but in a moment it was open again, and Austin stood, white and ghastly, in the entrance.

"I was forgetting," he said, "that I too have something to tell. I have received a letter from Dr. Harding of Buenos Ayres. He says that he attended Meyrick for three weeks before his death."

"And does he say what carried him off in the prime of life? It was not fever?"

Ich erkundigte mich nach dem Geschäft und erfuhr, dass der Handel schlecht lief und die Gewinne traurigerweise zurückgingen; aber die Straße war nicht mehr das, was sie einmal war, bevor der Verkehr umgeleitet wurde, aber das war vor vierzig Jahren, "kurz bevor mein Vater starb", sagte er. Ich kam endlich weg und ging rasch weiter; es war wirklich eine trostlose Straße, und ich war froh, zu dem Trubel und dem Lärm zurückzukehren. Möchten Sie meinen Kauf sehen?"

Austin sagte nichts, nickte aber leicht mit dem Kopf; er sah immer noch weiß und krank aus. Villiers zog eine Schublade im Bambustisch heraus und zeigte Austin eine lange, feste und neue Schnur, und an einem Ende war eine Schlaufe.

"Es ist das beste Hanfseil", sagte Villiers, "genau wie es früher für das alte Handwerk hergestellt wurde, sagte mir der Mann. Nicht ein Zentimeter Jute von einem Ende zum anderen".

Austin biss die Zähne zusammen und starrte Villiers an, der immer weißer wurde, während er ihn ansah.

"Du würdest es nicht tun", murmelte er schließlich. " Sie wollen kein Blut an Ihren Händen haben. Mein Gott", rief er mit plötzlicher Heftigkeit aus, "das kann doch nicht Ihr Ernst sein, Villiers, dass Sie sich zum Henker machen wollen?

"Nein. Ich werde eine Wahl anbieten und Helen Vaughan mit dieser Kordel fünfzehn Minuten lang in einem verschlossenen Raum allein lassen. Wenn das nicht geschieht, rufe ich den nächsten Polizisten. Das ist alles."

"Ich muss jetzt gehen. Ich kann hier nicht länger bleiben; ich kann das nicht ertragen. Gute Nacht."

"Gute Nacht, Austin."

Die Tür schloss sich, aber in einem Moment war sie wieder offen, und Austin stand weiß und gespenstisch im Eingang.

"Ich vergaß", sagte er, "dass auch ich etwas zu erzählen habe. Ich habe einen Brief von Dr. Harding aus Buenos Aires erhalten. Er sagt, dass er Meyrick vor seinem Tod drei Wochen lang betreut hat."

"Und sagt er, was ihn in der Blüte seines Lebens mitgenommen hat? Es war nicht das Fieber?"

"No, it was not fever. According to the doctor, it was an utter collapse of the whole system, probably caused by some severe shock. But he states that the patient would tell him nothing, and that he was consequently at some disadvantage in treating the case."

"Is there anything more?"

"Yes. Dr. Harding ends his letter by saying: 'I think this is all the information I can give you about your poor friend. He had not been long in Buenos Ayres, and knew scarcely any one, with the exception of a person who did not bear the best of characters, and has since left—a Mrs. Vaughan.'"

"Nein, es war kein Fieber. Nach Ansicht des Arztes war es ein völliger Zusammenbruch des gesamten Systems, wahrscheinlich durch einen schweren Schock verursacht. Aber er erklärt, dass der Patient ihm nichts sagen wollte, und dass er deshalb bei der Behandlung des Falles im Unklaren war.

"Gibt es noch mehr?"

"Ja. Dr. Harding beendet seinen Brief mit den Worten: 'Ich denke, dies sind alle Informationen, die ich Ihnen über Ihren armen Freund geben kann. Er war noch nicht lange in Buenos Ayres, und er kannte kaum jemanden, mit Ausnahme einer Person, die nicht die besten Charakterzüge besaß und inzwischen abgereist ist - eine Frau Vaughan.

VIII. THE FRAGMENTS

[Amongst the papers of the well-known physician, Dr. Robert Matheson, of Ashley Street, Piccadilly, who died suddenly, of apoplectic seizure, at the beginning of 1892, a leaf of manuscript paper was found, covered with pencil jottings. These notes were in Latin, much abbreviated, and had evidently been made in great haste. The MS. was only deciphered with difficulty, and some words have up to the present time evaded all the efforts of the expert employed. The date, "XXV Jul. 1888," is written on the right-hand corner of the MS. The following is a translation of Dr. Matheson's manuscript.]

"Whether science would benefit by these brief notes if they could be published, I do not know, but rather doubt. But certainly I shall never take the responsibility of publishing or divulging one word of what is here written, not only on account of my oath given freely to those two persons who were present, but also because the details are too abominable. It is probably that, upon mature consideration, and after weighting the good and evil, I shall one day destroy this paper, or at least leave it under seal to my friend D., trusting in his discretion, to use it or to burn it, as he may think fit.

"As was befitting, I did all that my knowledge suggested to make sure that I was suffering under no delusion. At first astounded, I could hardly think, but in a minute's time I was sure that my pulse was steady and regular, and that I was in my real and true senses. I then fixed my eyes quietly on what was before me.

"Though horror and revolting nausea rose up within me, and an odour of corruption choked my breath, I remained firm. I was then privileged or accursed, I dare not say which, to see that which was on the bed, lying there black like ink, transformed before my eyes. The skin, and the flesh, and the muscles, and the bones, and the firm structure of the human body that I had thought to be unchangeable, and permanent as adamant, began to melt and dissolve.

"I know that the body may be separated into its elements by external agencies, but I should have refused to believe what I saw. For here there was some internal force, of which I knew nothing, that caused dissolution and change.

VIII. Die Fragmente

[Unter den Papieren des bekannten Arztes Dr. Robert Matheson aus der Ashley Street, Piccadilly, der plötzlich an einem Schlaganfall starb, wurde Anfang 1892 ein Manuskriptblatt gefunden, das mit Bleistiftnotizen bedeckt war. Diese Notizen waren in Latein, stark verkürzt und offensichtlich in großer Eile gemacht worden. Das MS (=Manuskript) wurde nur schwer entziffert, und einige Wörter haben sich bis heute allen Bemühungen des eingesetzten Experten entzogen. Das Datum "XXV. Jul. 1888" steht in der rechten Ecke der MS. Es folgt eine Übersetzung von Dr. Mathesons Manuskript].

"Ob die Wissenschaft von diesen kurzen Notizen profitieren würde, wenn sie veröffentlicht werden können, weiß ich nicht, sondern bezweifle es eher. Aber sicherlich werde ich niemals die Verantwortung übernehmen, auch nur ein Wort von dem, was hier geschrieben steht, zu veröffentlichen oder zu verbreiten, nicht nur aufgrund meines Eides, den ich den beiden anwesenden Personen freiwillig gegeben habe, sondern auch, weil die Einzelheiten zu abscheulich sind. Wahrscheinlich werde ich nach reiflicher Überlegung und nach Abwägung von Gut und Böse eines Tages dieses Papier vernichten oder es zumindest meinem Freund D. im Vertrauen auf seine Diskretion überlassen, es zu benutzen oder zu verbrennen, wie er es für richtig hält.

"Wie es sich gehörte, tat ich alles, was mein Kenntnisstand nahelegte, um sicherzugehen, dass ich nicht unter einer Täuschung leide. Zuerst war ich erstaunt, ich konnte kaum denken, aber nach einer Minute war ich sicher, dass mein Puls stabil und regelmäßig war und dass ich im absoluten und vollen Bewusstsein war. Dann richtete ich meinen Blick ruhig auf das, was vor mir lag.

"Obwohl Entsetzen und ekelhafte Übelkeit in mir aufstiegen und ein Geruch von Verdorbenheit meinen Atem erstickte, blieb ich fest. Ich war dann privilegiert oder verflucht, ich wage nicht zu sagen, was, um das zu sehen, was auf dem Bett lag, das dort schwarz wie Tinte lag, vor meinen Augen verwandelt. Die Haut, das Fleisch, die Muskeln, die Knochen und die feste Struktur des menschlichen Körpers, die ich für unveränderlich und dauerhaft, wie beständig, gehalten hatte, begannen zu schmelzen und sich aufzulösen.

"Ich weiß, dass der Körper durch äußere Einflüsse in seine Elemente zerlegt werden kann, aber ich hätte mich geweigert zu glauben, was ich sah. Denn hier gab es eine innere Gewalt, von der ich nichts wusste, die die Auflösung und Veränderung bewirkte.

"Here too was all the work by which man had been made repeated before my eyes. I saw the form waver from sex to sex, dividing itself from itself, and then again reunited. Then I saw the body descend to the beasts whence it ascended, and that which was on the heights go down to the depths, even to the abyss of all being. The principle of life, which makes organism, always remained, while the outward form changed.

"The light within the room had turned to blackness, not the darkness of night, in which objects are seen dimly, for I could see clearly and without difficulty. But it was the negation of light; objects were presented to my eyes, if I may say so, without any medium, in such a manner that if there had been a prism in the room I should have seen no colours represented in it.

"I watched, and at last I saw nothing but a substance as jelly. Then the ladder was ascended again... [here the MS. is illegible] ...for one instance I saw a Form, shaped in dimness before me, which I will not farther describe. But the symbol of this form may be seen in ancient sculptures, and in paintings which survived beneath the lava, too foul to be spoken of... as a horrible and unspeakable shape, neither man nor beast, was changed into human form, there came finally death.

"I who saw all this, not without great horror and loathing of soul, here write my name, declaring all that I have set on this paper to be true.

"ROBERT MATHESON, Med. Dr."

...Such, Raymond, is the story of what I know and what I have seen. The burden of it was too heavy for me to bear alone, and yet I could tell it to none but you. Villiers, who was with me at the last, knows nothing of that awful secret of the wood, of how what we both saw die, lay upon the smooth, sweet turf amidst the summer flowers, half in sun and half in shadow, and holding the girl Rachel's hand, called and summoned those companions, and shaped in solid form, upon the earth we tread upon, the horror which we can but hint at, which we can only name under a figure.

"Auch hier wiederholte sich die ganze Arbeit, durch die der Mensch geschaffen wurde, vor meinen Augen. Ich sah, wie die Form von Geschlecht zu Geschlecht schwankte, sich von sich selbst trennte und dann wieder vereint wurde. Dann sah ich den Körper zu den Bestien hinabsteigen, von denen er aufstieg, und das, was sich auf den Höhen befand, ging in die Tiefen hinab, sogar in den Abgrund allen Seins. Das Prinzip des Lebens, das den Organismus bildet, blieb immer erhalten, während sich die äußere Form verwandelte.

"Das Licht im Inneren des Raumes hatte sich in Dunkelheit verwandelt, nicht in die Dunkelheit der Nacht, in der die Gegenstände nur schwach zu sehen sind, denn ich konnte klar und ohne Schwierigkeiten sehen. Aber es war die Verneinung des Lichts; die Gegenstände wurden meinen Augen, wenn ich das sagen darf, ohne jedes Medium so präsentiert, dass ich, wenn es ein Prisma im Raum gegeben hätte, keine Farben darin hätte sehen können.

"Ich schaute zu, und endlich sah ich nichts als eine Substanz wie Gelee. Dann wurde die Leiter wieder erklommen... [hier ist das MS. unleserlich] ...zum Beispiel sah ich vor mir eine Form, die im Dunkeln geformt war, die ich nicht weiter beschreiben werde. Aber das Symbol dieser Form kann in alten Skulpturen und in Gemälden gesehen werden, die unter der Lavamasse erhalten geblieben sind, zu verdorben, um darüber zu sprechen... als eine schreckliche und unaussprechliche Gestalt, weder Mensch noch Tier, in eine menschliche Gestalt verwandelt wurde, kam schließlich der Tod.

"Ich, der ich all dies sah, nicht ohne großes Entsetzen und Abscheu der Seele, schreibe hier meinen Namen und erkläre alles, was ich auf dieses Papier gesetzt habe, für wahr.

"ROBERT MATHESON, Med. Dr."

... So, Raymond, das ist die Geschichte dessen, was ich weiß und was ich gesehen habe. Die Bürde, die mir dabei auferlegt wurde, war zu schwer, als dass ich sie allein tragen könnte, und doch konnte ich sie niemandem außer Ihnen erzählen. Villiers, der zuletzt bei mir war, weiß nichts von diesem schrecklichen Geheimnis des Waldes, davon, wie das, was wir beide sterben sahen, auf dem flachen, lieblichen Rasen inmitten der Sommerblumen lag, halb in der Sonne und halb im Schatten, und wie er die Hand des Mädchens Rachel hielt, die Gefährten rief und beschwor und deren feste Gestalt auf der Erde, und das Grauen, das wir nur andeuten können, können wir nur unter einer einzigen Figur benennen.

I would not tell Villiers of this, nor of that resemblance, which struck me as with a blow upon my heart, when I saw the portrait, which filled the cup of terror at the end. What this can mean I dare not guess. I know that what I saw perish was not Mary, and yet in the last agony Mary's eyes looked into mine. Whether there can be any one who can show the last link in this chain of awful mystery, I do not know, but if there be any one who can do this, you, Raymond, are the man. And if you know the secret, it rests with you to tell it or not, as you please.

I am writing this letter to you immediately on my getting back to town. I have been in the country for the last few days; perhaps you may be able to guess in which part. While the horror and wonder of London was at its height—for "Mrs. Beaumont," as I have told you, was well known in society—I wrote to my friend Dr. Phillips, giving some brief outline, or rather hint, of what happened, and asking him to tell me the name of the village where the events he had related to me occurred. He gave me the name, as he said with the less hesitation, because Rachel's father and mother were dead, and the rest of the family had gone to a relative in the State of Washington six months before. The parents, he said, had undoubtedly died of grief and horror caused by the terrible death of their daughter, and by what had gone before that death. On the evening of the day which I received Phillips' letter I was at Caermaen, and standing beneath the mouldering Roman walls, white with the winters of seventeen hundred years, I looked over the meadow where once had stood the older temple of the "God of the Deeps," and saw a house gleaming in the sunlight. It was the house where Helen had lived. I stayed at Caermaen for several days. The people of the place, I found, knew little and had guessed less. Those whom I spoke to on the matter seemed surprised that an antiquarian (as I professed myself to be) should trouble about a village tragedy, of which they gave a very commonplace version, and, as you may imagine, I told nothing of what I knew. Most of my time was spent in the great wood that rises just above the village and climbs the hillside, and goes down to the river in the valley; such another long lovely valley, Raymond, as that on which we looked one summer night, walking to and fro before your house.

Davon würde ich Villiers nichts erzählen, auch nicht von der Ähnlichkeit, die mich wie ein Schlag gegen mein Herz traf, als ich das Porträt sah, das am Ende den Kelch des Schreckens füllte. Was das bedeuten kann, wage ich nicht zu vermuten. Ich weiß, dass das, was ich sterben sah, nicht Maria war, und doch schauten in der letzten Pein Maria's Augen in meine. Ob es jemanden gibt, der das letzte Glied in dieser Kette von schrecklichen Geheimnissen zeigen kann, weiß ich nicht, aber wenn es jemanden gibt, der dies tun kann, dann sind Sie, Raymond, der Mann. Und wenn Sie das Geheimnis kennen, liegt es an Ihnen, es zu verraten oder nicht, wie Sie wollen.

Ich schreibe Ihnen diesen Brief sofort nach meiner Rückkehr in die Stadt. Ich war in den letzten Tagen im Land; vielleicht können Sie erraten, in welchem Teil. Während das Grauen und die Verwunderung Londons auf dem Höhepunkt war - denn "Mrs. Beaumont", wie ich Ihnen sagte, war in der Gesellschaft gut bekannt -, schrieb ich meinem Freund Dr. Phillips und gab ihm eine kurze Beschreibung oder besser gesagt einen Hinweis auf die Ereignisse und bat ihn, mir den Namen des Dorfes zu nennen, in dem sich die Ereignisse, die er mit Bezug auf mich erzählt hatte, ereignet hatten. Er nannte mir den Namen, wie er mit weniger Zögern erklärte, weil Rachels Vater und Mutter tot waren und der Rest der Familie sechs Monate zuvor zu einem Verwandten im Staat Washington gegangen war. Die Eltern, so sagte er, seien zweifellos an Trauer und Schrecken gestorben, die durch den schrecklichen Tod ihrer Tochter und durch das, was vor diesem Tod geschehen war, verursacht wurden. Am Abend des Tages, an dem ich den Brief von Phillips erhielt, war ich in Caermaen, und als ich unter den zerfallenden römischen Mauern stand, weiß von den Wintern der siebzehnhundert Jahre, blickte ich über die Wiese, auf der einst der ältere Tempel des "Gottes der Tiefen" gestanden hatte, und sah ein im Sonnenlicht leuchtendes Haus. Es war das Haus, in dem Helen gelebt hatte. Ich blieb mehrere Tage in Caermaen. Die Menschen des Ortes, so fand ich, wussten wenig und hatten weniger geahnt. Diejenigen, mit denen ich darüber sprach, schienen überrascht zu sein, dass sich ein Antiquar (wie ich mich als solcher bezeichnete) über eine dörfliche Tragödie Sorgen macht, von der sie eine sehr banale Darstellung gaben, und, wie Sie sich vorstellen können, erzählte ich nichts von dem, was ich wusste. Die meiste Zeit verbrachte ich in dem großen Wald, der sich direkt oberhalb des Dorfes erhebt, den Hang hinaufsteigt und zum Fluss im Tal hinuntergeht; ein so langes, schönes Tal, Raymond, wie das, auf das wir in einer Sommernacht blickten, als wir vor Ihrem Haus hin- und herliefen.

119

For many an hour I strayed through the maze of the forest, turning now to right and now to left, pacing slowly down long alleys of undergrowth, shadowy and chill, even under the midday sun, and halting beneath great oaks; lying on the short turf of a clearing where the faint sweet scent of wild roses came to me on the wind and mixed with the heavy perfume of the elder, whose mingled odour is like the odour of the room of the dead, a vapour of incense and corruption. I stood at the edges of the wood, gazing at all the pomp and procession of the foxgloves towering amidst the bracken and shining red in the broad sunshine, and beyond them into deep thickets of close undergrowth where springs boil up from the rock and nourish the water-weeds, dank and evil. But in all my wanderings I avoided one part of the wood; it was not till yesterday that I climbed to the summit of the hill, and stood upon the ancient Roman road that threads the highest ridge of the wood. Here they had walked, Helen and Rachel, along this quiet causeway, upon the pavement of green turf, shut in on either side by high banks of red earth, and tall hedges of shining beech, and here I followed in their steps, looking out, now and again, through partings in the boughs, and seeing on one side the sweep of the wood stretching far to right and left, and sinking into the broad level, and beyond, the yellow sea, and the land over the sea. On the other side was the valley and the river and hill following hill as wave on wave, and wood and meadow, and cornfield, and white houses gleaming, and a great wall of mountain, and far blue peaks in the north. And so at last I came to the place. The track went up a gentle slope, and widened out into an open space with a wall of thick undergrowth around it, and then, narrowing again, passed on into the distance and the faint blue mist of summer heat. And into this pleasant summer glade Rachel passed a girl, and left it, who shall say what? I did not stay long there.

In a small town near Caermaen there is a museum, containing for the most part Roman remains which have been found in the neighbourhood at various times. On the day after my arrival in Caermaen I walked over to the town in question, and took the opportunity of inspecting the museum.

Viele Stunden lang irrte ich durch das Labyrinth des Waldes, drehte mich einmal nach rechts und einmal nach links, lief langsam durch lange Unterholzwege, schattig und kühl, sogar unter der Mittagssonne, und blieb unter großen Eichen stehen; ich lag auf dem schmalen Rasen einer Lichtung, wo der schwache süße Duft von wilden Rosen im Wind zu mir kam und sich mit dem schweren Duft des Holunders vermischte, dessen vermischter Geruch wie der Geruch des Totenzimmers ist, ein Dunst von Weihrauch und Verwesung. Ich stand am Rande des Waldes und betrachtete den ganzen Prunk und die Aufreihung der Fingerhütchen, die inmitten des Farnkrauts aufragten und im weiten Sonnenschein rot leuchteten, und darüber hinaus in ein tiefes Dickicht aus dichtem Unterholz, wo Quellen aus dem Fels sprudeln und das Wasser-Gewächs nähren, feucht und übel. Aber bei all meinen Wanderungen vermied ich einen Teil des Waldes; erst gestern stieg ich auf den Gipfel des Hügels und stand auf der alten römischen Straße, die den höchsten Kamm des Waldes durchzieht. Hier waren sie, Helen und Rachel, auf diesem stillen Damm entlanggegangen, auf dem Pflaster aus grünem Rasen, auf beiden Seiten eingeschlossen von hohen Böschungen aus roter Erde und hohen Hecken aus leuchtender Buche, und hier folgte ich ihren Schritten, blickte ab und zu durch Scheidewände in den Ästen hinaus und sah auf der einen Seite die Ausdehnung des Waldes, der sich weit nach rechts und links erstreckte und in die breite Ebene versank, und darüber hinaus das goldene Meer und das Land über dem Meer. Auf der anderen Seite war das Tal und der Fluss und ein Hügel nach dem anderen als Welle auf Welle, und Wald und Wiese und Kornfeld und weiße Häuser, die glänzten, und eine große Bergwand und weite blaue Gipfel im Norden. Und so kam ich endlich an diesen Ort. Der Weg führte einen sanften Hang hinauf und verbreiterte sich zu einem offenen Raum mit einer Mauer aus dichtem Unterholz um ihn herum, um dann, wieder enger werdend, in die Ferne und den schwachen blauen Nebel der Sommerhitze zu gelangen. Und in diese herrliche Sommerwiese ging Rachel an einem Mädchen vorbei und verließ sie, wer weiß was? Ich blieb nicht lange dort.

In einer kleinen Stadt in der Nähe von Caermaen gibt es ein Museum, das größtenteils römische Funde enthält, die zu verschiedenen Zeiten in der Umgebung gefunden wurden. Am Tag nach meiner Ankunft in Caermaen ging ich zu Fuß in die fragliche Stadt und nahm die Gelegenheit wahr, das Museum zu besichtigen.

After I had seen most of the sculptured stones, the coffins, rings, coins, and fragments of tessellated pavement which the place contains, I was shown a small square pillar of white stone, which had been recently discovered in the wood of which I have been speaking, and, as I found on inquiry, in that open space where the Roman road broadens out. On one side of the pillar was an inscription, of which I took a note. Some of the letters have been defaced, but I do not think there can be any doubt as to those which I supply. The inscription is as follows:

```
DEVOMNODENT--i--
FLA--v--IVSSENILISPOSSV--it--
PROPTERNVP--tia
--qua--SVIDITSVBVMB--ra--
```

"To the great god Nodens (the god of the Great Deep or Abyss) Flavius Senilis has erected this pillar on account of the marriage which he saw beneath the shade."

The custodian of the museum informed me that local antiquaries were much puzzled, not by the inscription, or by any difficulty in translating it, but as to the circumstance or rite to which allusion is made.

...And now, my dear Clarke, as to what you tell me about Helen Vaughan, whom you say you saw die under circumstances of the utmost and almost incredible horror. I was interested in your account, but a good deal, nay all, of what you told me I knew already. I can understand the strange likeness you remarked in both the portrait and in the actual face; you have seen Helen's mother. You remember that still summer night so many years ago, when I talked to you of the world beyond the shadows, and of the god Pan. You remember Mary. She was the mother of Helen Vaughan, who was born nine months after that night.

Mary never recovered her reason. She lay, as you saw her, all the while upon her bed, and a few days after the child was born she died. I fancy that just at the last she knew me; I was standing by the bed, and the old look came into her eyes for a second, and then she shuddered and groaned and died.

Nachdem ich die meisten der Steinskulpturen, die Särge, Ringe, Münzen und Fragmente des Mosaikbodens, die der Bereich enthält, gesehen hatte, wurde mir eine kleine quadratische Säule aus weißem Gestein gezeigt, die vor kurzem in dem Gehölz, von dem ich spreche, und, wie ich auf Nachfrage herausfand, in jenem offenen Gelände, wo sich die römische Straße verbreitert, entdeckt worden war. Auf einer Seite der Säule befand sich eine Inschrift, die ich mir notiert habe. Einige der Buchstaben sind verunstaltet, aber ich glaube nicht, dass es Zweifel an denen gibt, die ich zur Verfügung stelle. Die Inschrift lautet wie folgt:

DEVOMNODENT--i--

FLA--v--IVSSENILISPOSSV--it--

PROPTERNVP--tia

--qua--SVIDITSVBVMB--ra--

"Dem großen Gott Nodens (dem Gott der Großen Tiefe oder des Abgrunds) hat Flavius Senilis diesen Pfeiler wegen der Vermählung, die er unter dem Schatten sah, errichtet.

Der Hüter des Museums teilte mir mit, dass die lokalen Archäologen sehr verwirrt waren, nicht wegen der Inschrift oder Schwierigkeiten bei der Übersetzung, sondern wegen des Umstandes oder Rituals, auf das man anspielt.

… Und nun, mein lieber Clarke, was Sie mir über Helen Vaughan erzählen, von der Sie sagen, dass Sie sie unter Umständen des äußersten und fast unglaublichen Grauens sterben sahen. Ihr Bericht hat mich interessiert, aber ich wusste bereits eine Menge, ja sogar sehr viel von dem, was Sie mir erzählt haben. Ich verstehe die seltsame Ähnlichkeit, die Sie sowohl auf dem Porträt als auch im Gesicht bemerkt haben; Sie haben Helens Mutter gesehen. Sie erinnern sich noch an die Sommernacht vor so vielen Jahren, als ich zu Ihnen von der Welt jenseits der Schatten und vom Gott Pan sprach. Sie erinnern sich an Maria. Sie war die Mutter von Helen Vaughan, die neun Monate nach dieser Nacht geboren wurde.

Mary hat ihren Verstand nie wiedergefunden. Sie lag, wie Sie sie sahen, die ganze Zeit in ihrem Bett, und ein paar Tage nach der Geburt des Kindes starb sie. Ich stelle mir vor, dass sie mich gerade zum letzten Mal erkannt hat; ich stand am Bett, und für eine Sekunde kam der alte Blick in ihre Augen, und dann schauderte und stöhnte sie und starb.

It was an ill work I did that night when you were present; I broke open the door of the house of life, without knowing or caring what might pass forth or enter in. I recollect your telling me at the time, sharply enough, and rightly too, in one sense, that I had ruined the reason of a human being by a foolish experiment, based on an absurd theory. You did well to blame me, but my theory was not all absurdity. What I said Mary would see she saw, but I forgot that no human eyes can look on such a sight with impunity. And I forgot, as I have just said, that when the house of life is thus thrown open, there may enter in that for which we have no name, and human flesh may become the veil of a horror one dare not express. I played with energies which I did not understand, you have seen the ending of it. Helen Vaughan did well to bind the cord about her neck and die, though the death was horrible. The blackened face, the hideous form upon the bed, changing and melting before your eyes from woman to man, from man to beast, and from beast to worse than beast, all the strange horror that you witness, surprises me but little. What you say the doctor whom you sent for saw and shuddered at I noticed long ago; I knew what I had done the moment the child was born, and when it was scarcely five years old I surprised it, not once or twice but several times with a playmate, you may guess of what kind. It was for me a constant, an incarnate horror, and after a few years I felt I could bear it no more, and I sent Helen Vaughan away. You know now what frightened the boy in the wood. The rest of the strange story, and all else that you tell me, as discovered by your friend, I have contrived to learn from time to time, almost to the last chapter. And now Helen is with her companions...

Es war eine schlimme Sache, die ich an dem Abend tat, als Sie anwesend waren; ich brach die Tür zum Lebenszentrum auf, ohne zu wissen oder mich darum zu kümmern, was passieren oder eindringen könnte. Ich erinnere mich, dass Sie mir damals scharf genug und in gewisser Weise auch zu Recht sagten, ich hätte durch ein törichtes Experiment, das auf einer absurden Theorie basierte, den Verstand eines Menschen ruiniert. Sie taten gut daran, mir die Schuld zu geben, aber meine Theorie war nicht ganz absurd. Was ich sagte, dass Maria sehen würde, sah sie, aber ich vergaß, dass kein menschliches Auge ungestraft auf einen solchen Anblick blicken kann. Und ich vergaß, wie ich gerade gesagt habe, dass, wenn das Haus des Lebens auf diese Weise geöffnet wird, möglicherweise das eintreten kann, wofür wir keinen Namen haben, und dass das menschliche Leben zum Mantel eines Schreckens werden kann, den man nicht auszudrücken wagt. Ich habe mit Energien gespielt, die ich nicht verstanden habe, Sie haben das Ende davon gesehen. Helen Vaughan tat gut daran, die Schlinge um ihren Hals zu binden und zu sterben, obwohl der Tod schrecklich war. Das geschwärzte Gesicht, die schreckliche Gestalt auf dem Bett, die sich vor Ihren Augen von Frau zu Mann, von Mann zu Tier und von Tier zu Schlimmerem als Tier veränderte und dahinschmolz, all das seltsame Grauen, dessen Zeuge Sie wurden, überrascht mich nur wenig. Was Sie sagen, der Arzt, den Sie herbeiriefen, sah und schauderte angesichts dessen, was ich vor langer Zeit bemerkt hatte; ich wusste, was ich in dem Moment getan hatte, als das Kind geboren wurde, und als es kaum fünf Jahre alt war, überraschte ich es, nicht ein- oder zweimal, sondern mehrmals mit einem Spielkameraden, Sie können sich denken, welcher Art. Es war für mich eine Dauererscheinung, ein leibhaftiger Schrecken, und nach einigen Jahren hatte ich das Gefühl, dass ich es nicht mehr ertragen konnte, und ich schickte Helen Vaughan weg. Jetzt wissen Sie, was dem Jungen im Wald Angst gemacht hat. Den Rest der seltsamen Geschichte und alles andere, was Sie mir erzählen, wie Ihr Freund es entdeckt hat, habe ich von Zeit zu Zeit, fast bis zum letzten Kapitel, herausgefunden. Und jetzt ist Helen mit ihren Gefährten zusammen ...

BUCHTIPPS

NATURWISSENSCHAFT, PHYSIK UND ASTRONOMIE

- **Äquivalenz von Information und Energie.** Von: K.-D. Sedlacek
- **Das Gesetz im Zufall:** Wie sich verborgene Gesetzlichkeit manifestiert. Von: Moritz Cantor u. K.-D. Sedlacek (Hrsg.)
- **Die Transzendenz der Realität :** Spuren einer allumfassenden transzendenten Realität jenseits von Raum und Zeit. Von: K.-D. Sedlacek
- **Einsteins Relativitätstheorie ganz ohne Mathematik.** Spezielle und allgemeine Relativitätstheorie. Von: Prof. Dr. Paul Kirchberger u. K.-D. Sedlacek (Hrsg.)
- **Freizeitvergnügen Sternenhimmel mit bloßem Auge:** Wie man Sternbilder auffindet ohne Instrumente. Von: Prof. Dr. Paul Kirchberger u. K.-D. Sedlacek (Hrsg.)
- **Phänomen Naturgesetze:** Das Geheimnis hinter den Erscheinungen der Welt. Von: K.-D. Sedlacek
- **Supervereinigung:** Wie aus nichts alles entsteht. Von: K.-D. Sedlacek
- **Die Natur psycho-physikalischer Phänomene.** Erforschung telekinetischer Vorgänge. Von: Schrenck-Notzing, A. u. Klaus D Sedlacek (Hrsg.)
- **Giganten der Physik.** Die Top10-Physiker der Menschheitsgeschichte. Von: Klaus-Dieter Sedlacek (Hrsg.)
- **Der allmächtige Informatiker:** Das Mysterium des Universums. Von Sir James Jeans u. K.-D. Sedlacek (Hrsg.)
- **Der verborgene Mechanismus des Weltgeschehens:** Neue Erkenntnisse über die Gestalten biotechnischer Systeme der Welt. Von: Dr. h. c. Raoul Francé u. K.-D. Sedlacek
- **Der erdgeschichtliche Klimawandel:** Den wahren Ursachen von Klimaschwankungen auf der Spur. Von Wilhelm Bölsche u. K.-D. Sedlacek (Hrsg.)
- **Wege zur physikalischen Erkenntnis.** Meine wissenschaftlichen Selbstbiographie, Reden und Vorträge. Von **Max Planck** u. K.-D. Sedlacek (Hrsg.)

- **Leonardo da Vinci:** Seine naturwissenschaftlichen Studien und genialen Erfindungen. Von Hermann Grothe u. K.-D. Sedlacek (Hrsg.).
- **The philosophy of physical science.** By Sir Arthur Eddington.
- **The nature of the physical world.** By Sir Arthur Eddington.
- **Leben in der Warmzeit der Erde.** Aus den Urtagen vor dem heutigen Klimawandel. Von Wilhelm Bölsche und K.-D. Sedlacek (Hrsg.
- **Treibhauseffekt und Klimawandel:** Energiewende, ja bitte, aber nicht wegen CO_2. Von Klaus-Dieter Sedlacek (Hrsg.)
- **Über die Gewissheit von Vorhersagen:** Wahrscheinlichkeiten bestimmen ohne Formelballast. Von Klaus-Dieter Sedlacek (Hrsg.)

CHEMIE

- **Der Stein der Weisen:** Wie die Alchemie zur Chemie wurde. Von: Wilhelm Ostwald et. al. u. K.-D. Sedlacek (Hrsg.)
- **Durchblick Chemie:** Praktische Grundlagen und Einführung in die anorganische, organische und Biochemie. Von: Prof. Dr. Lassar-Cohn, Prof. Dr. W. Löb, K.-D. Sedlacek

NATUR- UND PHILOSOPHIE

- **Die letzten Ursachen.** Das Buch der Naturerkenntnis. Von: K.-D. Sedlacek
- **Gebundener Wille:** Wie frei ist menschlicher Wille tatsächlich? Von: K.-D. Sedlacek, G.F. Lipps et. al.
- **Jenseits der Erscheinungen:** Erkennbarkeit und Realität der Quantennatur. Von: Prof. Dr. M. Schlick u. K.-D. Sedlacek (Hrsg.)
- **Kleines Wörterbuch der Natur-Philosophie:** 1200 Begriffe, die man kennen sollte, kurz und prägnant. Von: K.-D. Sedlacek
- **Naturphilosophie:** Das Wesen von Naturgesetzen und die Erklärung des Lebens. Von: Prof. Dr. M. Schlick u. K.-D. Sedlacek (Hrsg.)

BUCHTIPPS

– Vereinbarkeit von Religion und Naturwissenschaft. Von: Kurd Laßwitz u. K.-D. Sedlacek (Hrsg.)
– Das Konzept des Guten. Sinnliches Empfinden – Der Ursprung unserer Wertvorstellungen. Von: Klaus-Dieter Sedlacek (Hrsg.)
– Ist echte Erkenntnis möglich? Einführung in die Erkenntnistheorie. Von: Prof. Dr. Erich Becher u. K.-D. Sedlacek (Hrsg.)
– Das individuelle Ich: Was ist der Kern des SelbstBewusstseins? Von: Th. Lipps u. K.-D. Sedlacek (Hrsg.).
– Persönlichkeit und Unsterblichkeit: In welcher Form existiert ein Weiterleben nach dem zeitlichen Ende? Von: Wilhelm Ostwald u. K.-D. Sedlacek (Hrsg.)
– Die idealistischen Grundwerte unserer Kultur. Von Johannes M. Verweyen u. K.-D. Sedlacek (Hrsg.)
– Was sind Wirklichkeiten? Aufgedeckte Naturgeheimnisse. Von Kurd Laßwitz u. K.-D. Sedlacek (Hrsg.)

Bewusstsein

– Leben nach dem Leben: Befreiung des Bewusstseins von den Fesseln der Zeit. Von: K.-D. Sedlacek
– QuantenBewusstsein. Von: N. Wrobel u. K.-D. Sedlacek
– Synthetisches Bewusstsein. Von: K.-D. Sedlacek
– Unsterbliches Bewusstsein: Raumzeit-Phänomene, Beweise und Visionen. Von: K.-D. Sedlacek

Leben und Medizin

– Leben aus Quantenstaub. Von: N. Wrobel u. K.-D. Sedlacek,
– Was ist Krankheit? Von: N. Wrobel u. K.-D. Sedlacek
– Bewusstsein und Unsterblichkeit. Von: C. L. Schleich u. K.-D. Sedlacek (Hrsg.)
– Die Lebenskraft: Wie Enzyme, Bewusstsein und quantenbiologische Effekte das Leben regulieren. Von: K.-D. Sedlacek u. N. Wrobel,

– Die verborgene Ordnung des Weltsystems. Neue Erkenntnisse über die schöpferischen Kräfte der Natur. Von: Dr. h. c. Raoul Francé u. K.-D. Sedlacek (Hrsg.)
– Homöopathie und Praxis: Naturheilkundliche alternative Medizin für den mündigen Patienten. Von: Dr. med. J. Voorhoeve u. K.-D. Sedlacek (Hrsg.)
– Eine andere Sicht auf die Entstehung der sporadischen Form der Alzheimerkrankheit. Von Norbert Wrobel u. K.-D. Sedlacek (Hrsg.)
– Bleib beweglich und fit ohne Geräte. Leichte ärztliche Zimmergymnastik für jedes Alter. Von Moritz Schreber.
– Plötzlich gesund. Medizinische Wunderheilungen und die Macht organische Leiden psychisch zu beeinflussen. Von Erwin Liek.

Psychologie

– Gestalt-Psychologie: Einführung in die neue Psychologie vom Begründer der Gestaltpsychologie. Von: Prof. Dr. Kurt Koffka u. K.-D. Sedlacek (Hrsg.)
– Die ersten Spuren psychischer Erscheinungen: Das psychische Leben von Mikroorganismen – Eine Studie in experimenteller Psychologie. Von Alfred Binet u. K.-D. Sedlacek (Übers.)
– Allgemeine moderne Psychologie: Systematische Einführung in die Wissenschaft psychischer Prozesse. Von August Messer u. K.-D. Sedlacek (Hrsg.).
– Strahlende Kräfte durch positives Denken: Die Wurzeln des Erfolgs und Wege zum Glück. Von Emil Peters u. K.-D. Sedlacek (Hrsg.)
– Neue praktische Menschenkenntnis. Ein Ratgeber zur Menschenbehandlung mit zahlreichen Bildern und Beispielen. Von Johannes Maria Verweyen.
– Massenpsychologie am Beispiel Jan Bockelsons. Geschichte eines Massenwahns mit einer Einführung von Sigmund Freud. Von Friedrich Reck-Malleczewen u. K.-D. Sedlacek (Hrsg.)

BIOLOGIE

– Wie intelligent sind Pflanzen? Sensationelle Einblicke in die geheime Seite des pflanzlichen Wesens. Von Prof. Dr. phil. Adolf Wagner u. K.-D. Sedlacek

– Über Menschenaffen, Tierseele und Menschenseele: Intelligenzprüfungen an Hominiden. Von Wilhelm Bölsche et. al. und K.-D. Sedlacek (Hrsg.)

GESCHICHTE, VOR- U. FRÜHGESCHICHTE

– Die geheimnisvolle Kultur der alten Kelten. Von Druiden, Fürstensitzen und der Lebensart unserer frühgeschichtlichen Vorfahren. Von Georg Grupp u. K.-D. Sedlacek (Hrsg.)

– Der Alchemist Leonhard Thurneysser: Die Lebensgeschichte des Goldmachers von Berlin. Von Klaus-Dieter Sedlacek (Hrsg.)

– Es begann mit Feuerskraft. Das Werden des Menschen und seiner Kultur. Von Carl W. Neumann u. K.-D. Sedlacek (Hrsg.)

– Gefangen zwischen Eisschollen: Die dramatische Entdeckungsgeschichte der Antarktis. Von Klaus-Dieter Sedlacek (Hrsg.)

– Die Kultur der Azteken: Mit einem Anhang Große Landesausstellung Baden-Württemberg „Azteken" im Lindenmuseum. Von William Prescott.

RATGEBER

– Kultur erleben mit den Wohnmobil in Frankreich: Vierzig kulturelle Highlights, Park- und Übernachtungspätze sowie Navigationskoordinaten. Von Klaus-Dieter Sedlacek

– Kochbuch für ganze Kerle: Kräftige und Feinschmeckergerichte für Freizeit und Camping. Von K.-D. Sedlacek (Hrsg.)

– Der Weg zu Wohlstand und Reichtum: Goldene Regeln für den Aufbau einer selbständigen Existenz. Von P.T. Barnum u. K.-D. Sedlacek (Hrsg.)

– Wie man seinen Verstand benutzt: Ein praktisches Handbuch der Psychologie. Von William Walker Atkinson u. K.D. Sedlacek (Übersetzer)

– Besseres Gedächtnis: Wie man es stärkt, trainiert und einsetzt. Von William Walker Atkinson u. K.D. Sedlacek (Übersetzer)

FORSCHUNGSREISEN U. ABENTEUER

– Meine erste Weltumseglung: Tagebuch einer epochalen Expedition. Von James Cook u. K.-D. Sedlacek (Hrsg.)

– Exotische Reise durch Persien: Abenteuerlicher Bericht aus einer fremdartigen Welt des 19ten Jahrhunderts. Von Pierre Loti u. K.-D. Sedlacek (Hrsg.)

– Mit der Beagle um die Welt: Bericht meiner Forschungsreise zum Galapagos-Archipel. Von Charles Darwin u. K.-D. Sedlacek (Hrsg.)

– Peking-Paris im Automobil: Die legendäre 16.000 km – Rallye 1907. Von Luigi Barzini u. K.-D. Sedlacek (Hrsg.)

Buchshop:

–